群象北上

李岩 著

内蒙古文化出版社

图书在版编目（CIP）数据

群象北上 / 李岩著. — 呼伦贝尔：内蒙古文化出
版社，2023.2
（中国好小说）
ISBN 978-7-5521-2177-3

Ⅰ. ①群… Ⅱ. ①李… Ⅲ. ①短篇小说—中国—当代
Ⅳ. ① I247.5

中国版本图书馆 CIP 数据核字（2022）第 215637 号

群象北上
QUNXIANG BEISHANG

李 岩 著

责任编辑　那顺巴图
封面设计　鸿儒文轩

出版发行　内蒙古文化出版社
地　　址　呼伦贝尔市海拉尔区河东新春街4 - 3号
直销热线　0470 - 8241422　　**邮编**　021008

排版制作　北京鸿儒文轩文化传播有限公司
印刷装订　三河市华东印刷有限公司
开　　本　880mm × 1230mm　1/32
字　　数　135千
印　　张　7.75
版　　次　2023年2月第1版
印　　次　2023年5月第1次印刷
书　　号　ISBN 978-7-5521-2177-3
定　　价　48.00元

目 录
Contents

群象北上

一

二〇二〇年三月，十六头野生亚洲象从西双版纳州迁徙至普洱市，并一直北上。

二〇二〇年十二月，普洱市多了一头象宝宝，野生亚洲象的数量变成十七头。

二〇二一年四月十六日，这十七头野生亚洲象从普洱市墨江县迁徙至玉溪市元江县。四月二十四日，两头野生亚洲象返回普洱市墨江县内，其余十五头继续从元江县行至红河州石屏县宝秀镇，并于二十四日抵达玉溪市峨山县。

这十五头野生亚洲象一时间成了"明星团队"，

　　因其中有一头一截鼻子断掉的幼象，象群被命名为"断鼻家族"。

　　可是，只有一头大象鼻子断了，怎么就用这个缺陷命名了整个象群家族呢？为什么？

　　一大早，肖晓就忙得够呛。

　　"大口吃，赶紧的！"看着儿子慢吞吞地吃饭，还连续打了几个哈欠，肖晓强压住心里的那团火，恨不得自己把这碗稀饭给喝了。

　　为了儿子然然的这顿早餐，在晨曦的第一缕光线照进房内时，肖晓就起床了。匆忙洗漱后，她按下电饭煲的快煮功能，又拿出三个鸡蛋和在面里，加上一些鲜嫩的葱末，摊了一小块鸡蛋饼，还特意用磨具将鸡蛋饼切成爱心形状，据说这样能增强食欲。看来看去，总觉得还少了些什么，她又在鸡蛋饼上面挤了点番茄酱，这一下红、黄、绿全配齐了。

　　可然然丝毫不为所动。看着他眉头紧锁，一副爱答不理的样子，肖晓实在是压制不住情绪了，大声说道："不想吃就不要吃了！"说完便背起书包准备走人。

　　然然跟在肖晓身后，边穿鞋边喊："妈妈，等等我！我错了，今晚我一定早点睡，不想爸爸了。"听到这话，肖晓的鼻子一酸，看着这个小可怜，她蹲下来抱了抱他，摸着他的头说道："没事没事，过两天，爸爸就回来了。"

　　开着车，肖晓看着前面的红灯，愣了一下神。昨夜手机里的一条信息，牵动着她的思绪。那群北上的大象也不知道怎么样了，路上会不会遇到什么突发状况。带着断鼻幼象的象妈妈，能顺利完成这次迁徙吗？就在这时，然然突然"呀"的一声叫了出来："妈妈，你看！"顺着然然的食指望去，肖晓看见一个小男孩吃力地背着一只大书包在慢慢走着。

肖晓把车停到路边，然然打开车门让男孩上车来，肖晓问道："你妈妈呢？怎么没来送你，让你一个人上学？"肖晓看到后视镜中的男孩满脸委屈，突然就哭了起来："妈妈不在家，出差了。"男孩名叫浩浩，是儿子上美术兴趣班时的同学。

每次送完然然去上美术课后，肖晓就在家长休息室里处理工作上的事，等着然然放学。休息室里的家长，大多是爷爷奶奶辈的，年轻一点的除了肖晓，就是浩浩的妈妈了，她总是一副不修边幅、邋里邋遢的样子，身着一件肥大的 T 恤衫加一条运动裤，再带个布包就来了。每次过来，她都跟着那些婆婆们学习织毛衣。磨磨唧唧整整织了一个夏天，才勉强织完了一只袖子。肖晓觉得她打毛衣是假，打发时间才是真。肖晓手头上的事情很多，一般不和他们搭讪，直到有一次下大雨，肖晓没带伞，看着窗外的雨没完没了地下着，心里就有些焦躁。想到自己的车停得远，到车上拿伞的话，肯定要淋个全湿。肖晓正犹豫着，浩浩妈妈拿出一把伞递给她："你先拿去用，我还有一把。"

有时候，缘分就是一句话的事情。在此之后，补习班上的各种事浩浩妈常常向肖晓请教，肖晓也是倾心相助，当作自个儿的事。两个孩子也很快打成一片，玩闹得不亦乐乎。这种亲密关系一直持续着，直到后来，然然换了家辅导机构。

二

凌晨三点二十四分，岔河村村民戎桂芳在自家床上刚一睁眼，一头大象撞开了她的家门，走入客厅，轻轻左转，又撞开了她的卧室门。大象的鼻尖就落在她的眼前。她缩在被窝里，不敢发出声响，之后大象微微屈腿离开家门。

……它们北上进入玉溪市元江县觅食，当地称这是有监测以来亚洲象首次进入元江县；二〇二一年五月十六日，它们继续向北迁徙在红河州石屏县活动，这也是有监测以来亚洲象首次进入石屏县。

回到办公室，肖晓感觉别人看她的目光有点异样，连平时经常找茬的经理，都特意给她的杯子里续了水，这可真是破天荒头一次，从经理的眼神里，肖晓看到了一种叫作同情的东西。

肖晓不动声色，心里一迭声地骂娘。坐了一会儿，便找个借口离开了。

今天她要去看房子，在河西买的房子，售楼处让去签字，要交房了，她带着户口簿和身份证就去了。

河西的房子是肖晓和她老公早就看中的，房型好，面积大，关键还有升值空间。既满足居住要求，也有投资价值。半年前，肖晓和老公去售楼部摇号，"两千中一"的好事，都让他们给碰上了。那天晚上，她边看着儿子在客厅里玩乐高，边靠在老公的身上，鬼使神差地说了一句："你看，他多幸福，什么都有了。"

售楼小姐早在门口候着了。"肖小姐，怎么就您一个人来啦？按规定，要两个人都签字的。"听到这话，肖晓有些恼，只是确认一下房子而已，一个人不行吗？售楼小姐一看肖晓有点生气了，便赶紧让座倒水。偌大的售楼部，空空荡荡的，完全不像那天预售时的场景。肖晓还记得那天自己摇号摇中的情景，如果不是老公拍了她一下，她完全以为是在梦中。那一刻他们不顾空间逼仄，相拥在一起跳着、笑着，她还记得那天老公的拥抱，柔软、温暖。肖晓双手交叉，幻想着再次体会这种感觉。透明的落地玻璃窗外，一大片葳蕤的植被被阳光照射下来，在地面形成一小块阴影。天空如此湛蓝，像当初她明媚的心。短短半年的时间，她的心就走向了寒冬。

借着倒水的当儿，售楼小姐找来了销售经理。肖晓远远就感觉到这位销售经理的气场很强大。干练的白色职业套装和尖细的高跟鞋，把优雅的身份以及女人的妩媚衬托得妥妥的。她端来一杯水放在肖晓面前："有些烫，先凉着吧。"说完抚平裙摆，顺势坐在对面的沙发椅上，双手叠放在膝盖上，腰板挺得笔直。

她们就这样面对面地坐了两分钟，谁都没有说话。肖晓心想这也是一种心理战术吧。肖晓看着对面的女人，只见一头流行的锁骨发随意地披在肩上，透着一丝慵懒的气息，外眼角如燕尾般豁开，因打了些高光，眼睛显得特别大，弯而翘的假睫毛忽闪忽闪的。

"按照规定，是需要两个人都签字的，如果先生没来，我们下次再签。如果来这里不方便，我们也可以提供上门服务，确保出售的每一套房子都让顾客满意。"

一出口就那么专业，不愧是销售经理，肖晓暗暗赞叹。肖晓刚刚看到门口墙上贴有她的工作照，在第一排，肖晓心想这位销售经理应该是销售冠军。突然间，销售经理停止讲话，盯着肖晓看了一会儿，一句话也不说，接着又睁大眼睛，像是不相信一样。

"你是……然然妈妈？天哪！"销售经理站起来，突然喊了一声，"才一年没见，我都快不认识你了，你最近是不是没有保养自己？"

肖晓也知道自己最近气色不好，但亲耳听到这样的话，心里还是有些不悦。肖晓也盯着销售经理看了一会儿。面对肖晓不明所以的困惑神情，销售经理便自报了家门："是我啊，我是浩浩妈妈。"销售经理咧嘴笑了。眼前的女人让肖晓大吃一惊："才一年，你的变化怎么那么大？"

周雅倩——浩浩的妈妈，去年接触了一个营销商，明星产品到化妆品再到保健品，周雅倩几乎买了个遍。"一开始没有钱，把浩浩的兴趣班都给停了，后来自己就来卖产品。说真的，如果不是浩浩爸爸要跟我离婚，我最后肯定能做到一级代理的。"周雅倩说到激动处，大有壮志未酬之慨。"要怪就怪我那些亲戚，借了他们两个钱而已，就闹到家里来了。真是一群没见过世面的人。等我哪天发财了，他们肯定要来求着我的。"

"你看我的变化大吧。"周雅倩说着扯了一下自己的裙摆。

"说实话，如果不是你自报家门，我还真认不出你了。"肖晓说。

周雅倩对自己目前的状态很满意："只要是自己真正想做的，就没有不成功的。心有多大，舞台就有多大。当你走出来的时候，就会发现原来的自己是多么无知啊。"

周雅倩的心灵鸡汤，浇得肖晓七荤八素，她摸出手机说："然然也快放学了，你要不要接孩子？"周雅倩的眼神一躲闪，肖晓就不再多话，自己先走了。

三

四月，两头野象离队返回普洱市墨江县，剩下那十五头野象继续往北行走。其间，一头小象曾吃下两百斤的酒糟醉倒，第二天才归队。

这个季节正是森林中食物青黄不接的时候，往北由于海拔不断升高，山林中的食物就更为稀少……

肖晓在校门口等了然然足足半个小时，直到所有的孩子都出来了，还是没见然然的身影。肖晓坐在车里，正好刷到一则视频，视频中一个男人从摩托车上下来，在光天化日下把正在商店门口买饮料的孩子直接抱上了车，孩子的爸爸在不远处看到了这一幕，还未来得及反应，孩子就不见了踪影。事后孩子的爸爸就跳了楼。肖晓心里有些发慌，赶紧下了车，走到校门口，跟门卫说了声就进入校园，找到老师的办公室。

只见然然低着头站在办公桌旁，老师见家长来了，示意她进去，但老师脸上的愠色还没有褪去。肖晓一问，才知道今天体育课上老师要求每个孩子跳绳一百下，但然然拿着绳子就是不跳，任凭老师怎么说都不跳，最终把老师惹急了。

"然然妈妈，教委要求二年级的孩子这学期必须要能跳到一百下才算合格，孩子回家后是不是没有做这方面的训练？难道孩子不想体育成绩合格吗？再说这也是一项技能不是吗？孩子不仅要重视学习成绩，更要重视强身健体。你们家长也要配合，我在班级群里都强调那么多次了。看看你家然然这态度！您把孩子带回家自己看着办吧。"

回家的路上，肖晓没有说一句话。然然坐在车座后排，忐忑不安地看着她，几次想说话，又硬生生憋回去了。他知道这次妈妈是真生气了，要不早就唠叨个没完了。肖晓没有直接回家，而是把车开到了必胜客，点了一桌子的食物，有披萨、拼盘小食、意大利面，连平时从不让然然吃的冰淇淋都上了。看着一桌子的食物，然然更是忐忑不安，他偷偷看着肖晓，不敢吱声。肖晓看了他一眼，最终只蹦出了两个字——"吃吧"，得到准许，然然这才放心开吃。

餐厅里放着《少年》，这是然然最喜欢的歌之一。歌里唱道"我还是从前那个少年，没有一丝丝改变……"，柔和的灯光映照在然然脸上，饱满的脸颊带着稚气。"然然，最近妈妈太忙了，没有时间照顾到你。我们现在约定，过去的就让它过去了，今后我们一定要好好的，行吗？我们都要把自己照顾好。"肖晓看着然然说。

然然慢慢地把手伸过来，虽说然然还那么小，但在此刻，肖晓已经心满意足了。肖晓紧紧地抓住他的手，对着然然说了声"谢谢"。

晚上回到家，肖晓拿来两根绳，递给然然一根，肖晓边说边做示范："就这样跳，然然，你看，先是绕过头顶，然后转动双臂，从头顶画了个半圆，越过绳子蹦跳一下。然然，就是这样简单，你也来试一下吧。"

然然很不情愿地拿起绳子学着肖晓的样子，画半圆，然后跳一下。"对的，就是这样。"肖晓说。看见然然终于迈开了这一步，她感觉心底里冒出暖泉，冲开了多日以来的雾霾。

跳完一个，然然站着不动，歪着脑袋看着肖晓。

"继续啊。"肖晓又连续跳了两个，给然然做示范，"跳绳讲究的就是连贯性。等你会跳了以后，只要脚尖落地就够了，一定要注意双臂带动绳子的摆动，配合着脚下的节奏。一旦掌握了这个技巧，你就会了。"

然然照着肖晓的样子，努力地跳，可怎么都不行。看着有气无力的然然，肖晓的心里急出了火："怎么就是不会呢。你看，就是这么简单。"说着，肖晓拿着绳子疯狂地跳起来。想当年，肖晓在中考跳绳项目中在半分钟的时间里跳了一百八十下，把站在她对面计数的老师都惊呆了。从来没有一个学生能跳得如此灵活，那绳子在她手上像有了生命有了灵性一样。那个下午，那根绳子完成了它作为绳子的最高使命，有那么多人围观，它成了全场的焦点。

肖晓沉浸在自己的世界中。她想通过这一根绳子，忘掉生活带给她的伤痛，她希望通过跳跃，能一下跨越生活的艰难。手上那熟悉的感觉回来了，步伐也跟着轻盈起来，她与绳子的配合越发默契。肖晓感觉自己心跳加快了，感觉有一种叫"内啡肽"的物质产生了，她感到心情愉悦极了，在她觉得快感释放到极点的时候停了下来。

然然在一旁看到这情景，立时呆住了。他也拿起绳子像肖晓那样跳起来，一下，两下，还是不行。肖晓实在看不下去了，拿起绳子。她注意到然然不会跳绳，完全是因为节奏不对，手和脚的节奏根本不在一条线上。

"你站在我的前面，我喊一二三，你就跟着我一起跳，绳子越过头顶的时候，脚就开始跳。你注意观察我。马上开始了，准备好了没？"肖晓对然然说道，两个人就像比赛场上的运动员一样，等待着最后一声的呼喊。

"一二三。"肖晓挥舞双臂，然然也蓄势待发，他们两个人像绷在弦上的箭一样。"开始！"肖晓刚下达命令，然然就像只跳跃的羚羊，从低矮的草地往石壁上纵身一跃，突然间"砰"的一声，肖晓感觉到自己的下巴被猛地一击，两人瞬间分离，一个捂着头顶，一个托住了下巴。她感觉脑袋里似乎有十八种兵器在互相敲击。

"我说不跳，你非要让我跳，都是我的错，什么都是我的错，我就不该学跳绳……"然然看着蹲在地上疼痛难忍的肖晓，一边哭一边说。肖晓疼得眼里蓄满了水，却强忍着说："没事，妈妈真的没事。"

"你骗人，你骗人，明明你就是怕疼，要不然怎么每天夜里你房间里都会传来哭声。"然然脸上水光一片，哭着跑回自己的房间。

四

截至六月七日十六时五十分，象群持续在昆明市晋宁区夕阳乡小范围地原地休息、徘徊，暂停迁移。六月八日十九时左右，大象从小石板河和赖家新村中间的山箐里纷纷走出来，开始走得比较犹豫，等后面的小象赶上来，就直接下了农田。截至六月九日十七时，象群总体朝西南方向迁移三公里七百米，持续在玉溪市易门县十街乡活动。

有一头大象离群出走……独象离群四天，于六月八日十八时三十分进入昆明安宁，在八街街道西南方的密林里活动，距离象群约十二公里……

后来呢？

肖晓拿着户口簿、身份证和一张证明来到售楼部时，发现两拨人扯着一条横幅堵住了大门，一个电喇叭不停地循环播放："周雅倩，欠债还钱……周雅倩，躲得了初一躲不了十五，还钱，周雅倩……"

路过的人纷纷围拢过来，指指点点，四处张望。"周雅倩，是那个经理吧？我听说她手里囤着好几套房子呢。"一个上了年纪的老婆婆撇着嘴说。"她哪儿来那么多钱？"一个抱着孩子的妇女搭话道。"谁知道呢，现在的年轻人啊，胆子真肥，什么人都敢惹，疯了吧。"老婆婆边说边摇头。

肖晓顺着她们围观的方向看去，两个拉横幅的穿着拖鞋，撸着汗衫，身纹青龙白虎，一脸的横肉。拿电喇叭的是尖下巴，衣冠楚楚，眼神活泛，又透着股狠劲儿。

肖晓的目光越过人群，看见里面有一扇门开了条缝，昨天看见的那套白衣服在眼前一晃，门就关上了，两个保安死死地把住门，不让人往里冲。

"已经报警了，等警察来了再说吧。"其中一个保安说。

一听这话，那瘦子更来劲了："警察来了也是这个话，欠债还钱，天经地义！我们一大早就来了，好不容易堵到她，今天她必须出来给大家一个交代，没个准话，谁来也没用！"说着，那瘦子顺势往门口一躺，"想跑，没那么容易，除非从我头顶上踩过去！"

肖晓好不容易请了半天假，她要把手续办完，她可不想浪费时间再跑一趟。她挺直了身子往里走，一条纹着青蛇的胳膊伸出来拦了一下，肖晓看都没看一眼。也许从肖晓的目光里，他们读到了一种决绝，那条纹着青蛇的胳膊又及时缩了回去。

肖晓径直走向那间屋子。她敲了敲门，门里没有任何动静，她知道对方在等她说话，都这个时候了，她还能躲到哪里去呢。

"是我，肖晓，就我一个人，你开门吧。"门只开了一条缝，门缝里那双充满恐惧的眼睛，跟昨天相比判若两人。进门后，肖晓注意到对方衬衫领口的一角翻在白色西装的外面，裙摆开衩的地方也被人为地拉到了侧面，她的腰也不再挺得笔直，而是全身佝偻着站在门旁。

"怎么回事啊？"肖晓看到她这个样子实在有些诡异。

"啊？"周雅倩眼神空洞，一只耳朵贴近门边。

"没事，我刚刚在外面听说警察马上就来了，他们不敢对你怎样！"肖晓宽慰她。

"啊？"周雅倩这才回过神来，魂魄又附了体。"不行，这绝对不行。我不能被他们带走，求求你！现在只有你能救我了。"周雅倩走到肖晓的身边，屈下身子作势要跪，被肖晓一把拉了起来。

原来，周雅倩生完孩子后的那几年没上班，用她婆婆的话说，就是养尊处优的全职太太，"太太"没做成，"全职"倒是真的。在家打扫卫生、做饭洗衣、带孩子，自己的生活完全陷入死循环中。起初，丈夫还安慰她说家里的事有他呢，周雅倩每天抱着孩子等落日，等丈夫回到家说说今天孩子喝了几次奶、会说什么话了、下午去哪儿遛弯了……可后来事情就多了起来。孩子上幼儿园时与同学发生了矛盾，她亲自上阵与家长理论；孩子上小学时，她托人找关系，与老师套近乎，希望孩子能多得到点照顾。每日围着孩子，周雅倩是越来越忙，而丈夫晚归的次数也渐多，并且每次必醉。他们之间越来越不对味，争吵多了起来。有一次，周雅倩等孩子睡着后下楼倒垃圾，却发现丈夫正在车里抽烟。周雅倩坐在花坛边看着他，心想：难道这个家就那么让他不想进去吗？他情愿在外面抽烟，也不愿意进去看自己的脸。那一刻，她决定出去找工作。

现在的竞争压力那么大，找到一份合适的工作谈何容易，朝九晚五，又不耽误她接送孩子，这样的好差事上哪儿找？两个月下来，周雅倩好不容易找了份在某产品卖场的直销工作。周雅倩她们每天看着那些穿着时尚的女人光鲜亮丽地开着粉色的小奔驰，而她们自己来回穿梭在市里的大街小巷，给那些贵妇们送去高档化妆品。她们亲自上门提供按摩、做脸等服务，一趟回来之后，橱柜里的产品至少要卖好几万。那时她心里那个羡慕啊，上每周的课程时她就像打了鸡血一样憧憬着美好的未来，当时的样子好像下一个马云就是自己了。就这样她入套了，用房子抵押贷款，一次性凑了一百万，结果，她的产品卖不出去，最后东拼西凑才把债务还了。

后来，她就到了这个售楼部。看着周围的人在炒房，她心里痒得不行，那时的房价像火箭一样"噌噌"往上涨，那些买房的人跟买白菜一样，在没有现房的情况下，直接指着楼盘的模型说"这个这个、那个那个，我全要了"。那一阵子，她每个月的提成都是好几万，钱就像鱼一样往自己口袋里钻。

有了一些本钱后，周雅倩又在一个姐妹的提示下一次性办了十张信用卡，来回倒腾着用，又以内部价买了三套房子。在家里，她再也不是怨妇，周末、暑假时出去游玩，再也不用伸手向丈夫要钱了。她的脸越来越有光泽，老公回来的次数也多了起来。

"像这样，不出三年，我们就可以卖掉一套房子还贷款，留下两套，我们自己住一套，孩子住一套，你看，还是你老婆厉害吧！这叫'空手套'，不是人人都玩得转的。"周雅倩躺在床上，一边说着，一边把脚伸给丈夫按摩。

谁承想，一纸命令下，新出台的限购政策突然把房价冰冻住了，房子的量价双跌。三套房子陷在手里，周雅倩跌入绝境。

"求求你，救救我，被他们抓去我就死定了。"周雅倩满脸惊恐地说，肖晓心疼了。

站在窗口的肖晓，穿着一身白色的职业套装，看着周雅倩穿着她带来的防晒衣，把自己从头裹到脚，不知道自己到底是帮了她还是害了她。周雅倩越过那道横幅的时候，竟然还回过头看了一眼上面的字。肖晓看着窗外的身影，有那么一刻，她仿佛感觉那个欠下债务的人是她自己。

五

北移亚洲象在玉溪市元江县老"213"国道元江干流附近停了下来，看着波涛滚滚的元江。此地距离普洱市墨江县辖区二十六公里。它们能安全地回归原栖息地吗？

　　原来不知道的是：小象刚出生时根本不会用鼻子。

　　喝水只会一头扎进去喝。

　　常常被自己的鼻子绊倒。

　　一不小心还会被自己的鼻子打脸……

　　一周后，售楼部的光荣榜上已经看不到周雅倩的照片了。肖晓站在空旷的售楼部，拎着那身白色套装，不知道该还给谁。

　　"请问周雅倩还在吗？"肖晓走到前台问一个正在刷手机的女孩。

　　"不认识。"那个长睫毛的女孩头也不抬地回答道。

　　算了，这个时候再见到她，对她来说也许是一种残忍。

　　这天的晚饭，肖晓吃得特别早。坐在沙发上的她看着写作业的然然，感觉然然的眉眼是越来越像爸爸了，特别是脸颊上的那颗痣，和爸爸的那颗痣都在同一个地方。那天晚上，也是这样稀松平常的时刻，日光的余晖还未散尽，月亮竟悄然爬上枝头，肖晓洗着碗，看着远远近近的窗口依次亮起灯。刷完碗，肖晓让老公带然然去跳绳，自己在书房做第二天的计划表。"没问题，包在我身上。"老公挑着眉对着肖晓笑道。肖晓知道最近的升职一事让他高兴了好长一段时间，一直见他走路带风、嘴角上扬。

为了不打扰肖晓，老公带着然然去楼下的小广场跳绳。肖晓安心地做着表格，这次公司来了个大项目，她所在的部门负责最核心的技术，经理让肖晓拿出初步方案。大量的数据支撑使得肖晓的方案得到了初步认可，下面就是如何完善的问题了，这一仗只能赢不能输。

就在肖晓埋头做表格时，家里的门铃声响了，肖晓心想：这两个家伙，出去玩儿也不知道带钥匙。肖晓打开门刚想唠叨两句，看到的却是住在隔壁的邻居。

"快……快……你老公在楼下晕倒了，快去……"

一阵门铃声，把肖晓带回现实。每个周末，婆婆都会来见见然然，并带来然然喜欢吃的包子或肉丸子。奶奶疼孙子，怎么疼也疼不够。这位老妇人，自始至终都保持着她的一份克制，她是如何做到的？有时候，肖晓真心佩服这位从科研所退休的老同志，也许是经历得多了，习惯了隐忍？

肖晓拿好拖鞋，打开门，看到的却是周雅倩和浩浩，他们拎着一箱牛奶和一盒玩具进了门。

两个孩子一见面，就像两块磁铁粘在了一起。

看着神情局促的周雅倩，肖晓为她倒了杯水。

"我主要是来谢谢你的，要不是你，那天我都不知道怎么办了。"周雅倩一边说一边用手在膝盖处摩挲着。

"小事，不要挂在心上。"肖晓示意她喝水。

"上周我把所有的房子都脱手了，都低于市场价让给那些亲戚了。"说着，周雅倩苦笑了一下。"没办法，闹翻天了。

孩子爸说，这事如果处理不好，就真的跟我离婚了。我也折腾够了，不能让浩浩没有爸爸，对吧？"周雅倩的眼神中流露出无奈、苦涩以及一丝的不甘心。

"会好的。"肖晓不知道说什么话来安慰她。

两个孩子一转眼从客厅追逐到阳台，跳上跳下，风声里还夹杂着然然的笑声。

周雅倩与肖晓有一搭没一搭地闲聊，话题无非是关于孩子关于老公的，也许是看肖晓兴致不高，周雅倩冲着阳台的方向喊了一声："浩浩，我们该走了。"

"等一下。"就在周雅倩告别的这一瞬间，肖晓跑进卧室拿出了那套白色套装，还给了周雅倩。

周雅倩没有伸手去接，只说了一句："你觉得我穿这身还合适吗？"

临睡前，然然给妈妈进行表演，他拿起绳子，手脚并用地跳着，小嘴巴里蹦出一连串数字："一个、两个、三个……"

夜里的风是柔软的，世界仿佛陷入了一个静谧的真空世界，时空交错。肖晓握着那双渐渐冷却的手，看着那双努力睁大的眼睛瞳孔慢慢扩散，直至他额头上的光亮一下子暗淡下去，她都没等来他的一句话。

肖晓梦见自己来到了元江边。元江水量丰沛、水质清澈，她照着元江的水面，看到水里的自己正抱着一只盒子光着脚站在岸边。那如同被随意涂鸦过的锈色夜空，开始泛出沉重的蓝黑色。在那墨色一样的苍穹之下，她想蹚过河去，却听到了一阵阵鸣笛般的响鼻声，对岸正有象群滚滚越境而来。

后记

在大象迁徙的全过程中，据说受到伤害最大的动物却是一只土狗。

六月二日，云南玉溪红塔区一个村庄里的人在大象到来之前已全部转移，有户人家的看家大黄狗被铁链拴在院子里。大象进了院子的门，吃了点玉米就离开了，并没有理会院内的大黄狗，但是狗狗的主人回村后，发现这只大黄狗是满脸惊恐、满眼幽怨，再也不吃不喝不叫了……

另外，那只独象现在在哪儿?

小樱桃

这颗"小樱桃"不是长在树上也不是摆在水果店，"小樱桃"是我的堂弟，是我们家族唯一的男孩。他的离去，就像一株樱桃树从地里被连根拔起，不复存在。

当三岁的儿子跑来问我什么是"cousin"时，我脑袋里断线的记忆像被连通了一样。零零碎碎的片段，组合成一个人形，就像拼图一样，把我脑海中仅存的一点画面拼合起来，呈现在我眼前的是一个十六岁的男孩。

堂弟已十六岁，从外表看着却不像十六岁，因为个子太高了，都蹿到一米八了，看他的内心也不像十六岁，竟喜欢漫画。他房间的墙壁上到处贴着宫崎骏的漫画，他指着其中一张，献宝似的对我说："我最喜欢这张漫画了。"我凑上前去看这张漫画，画面是雨夜中一个女孩打着伞，女孩旁边一只肥肥大大的动物也打着伞，动物与女孩一起等公交。画面的色调灰蒙蒙的，丝毫看不出有任何特别之处。我对他的喜好很不屑，在我眼里，只有没长大的小孩才会喜欢这些。他似乎看穿了我的想法，说道："切，这是《龙猫》，宫崎骏最有名的漫画之一耶！"

　　漫画中的人物与他形成鲜明的对比，他白皙的脸上有几个红而透的疙瘩，像是大白梨上缀了两颗红樱桃，特别显眼。因这两颗"樱桃"，他经常低头走路，以为低着头人家就看不见了。我给他起了"小樱桃"的外号，他一听脸就红了，整个人像早上打鸣的小公鸡一样，脸上的那几颗痘更显红亮了。

　　一看到他那害羞的表情，我就特别喜欢逗他。每次遇到他，我都会问"你喜欢你们班的谁呀？有照片吗？拿来看看"，一看到他那正儿八经脸红的样子，我就特别高兴。有一次，我在他桌子上的一摞书中翻出最底层的一本书，书上那密密麻麻的线条构成一张侧脸，那张侧脸有高挺的鼻梁、饱满的额头，几缕凌乱的头发随意地垂着，图下写着"张璇"这个名字。我把书藏在衣服里，走向正在吃饭的"小樱桃"，趁别人不注意时，我露出书的一角，对他坏笑着，看着"小樱桃"那慌乱的表情，我很得意。

　　"还给我。""小樱桃"小声命令我，我对他摇摇头，偏向他的耳朵说道："什么条件？"

　　"肯德基，行不行？"他有点哀求我的意思。我依然摇头，偷笑他的幼稚，一个爱美的大学生难道会在乎吃的？

"那你说，什么条件？" "小樱桃"那手足无措的样子，特别可爱。

"算了，一个限量版'施华洛奇'手机挂件。"最后，我们在大人们的眼皮底下达成交易。

看着"小樱桃"那白皙脸上的爆痘，我在心里惊呼：他竟在不知不觉中长大了。记忆中的"小樱桃"不仅爱脸红，还很胆小，不，是特别胆小，这么说吧，如果你们见到一只被老鼠惊吓到跳起的猫，那么我想这只猫就是我的堂弟。记得小时候，我们一起玩捉迷藏，我来找，他来藏，当我在门外数了二十秒后，一进门往往会看到一个头塞在被子里、屁股露在外面的孩子，活脱脱像一只在沙漠中寻找水源的火鸡，他嘴巴里还念念有词："看不到我，看不到我……"有一次，我忍不住问他："为什么不把整个身子躲进被窝呢？" "小樱桃"悄悄地对我说："姐，里面太黑了，我怕！"最令我们感到麻烦的事，是他不敢一个人上厕所，不管是在白天还是黑夜。我们一群孩子在奶奶家玩，玩累了就会安静地躺在沙发上看动画片，正看到精彩的地方时，他会突然冒出来一句"我要尿尿"。我们都知道这声音是谁发出来的，可我们就当没听见一样，继续窝在沙发上。这时候，奶奶就会吩咐我带弟弟去上厕所。有时候趁奶奶没在，我会依然装作听不见，那小子宁可尿在裤子里，也不愿自己独自去上厕所。

作为我们家族中最后一个也是唯一的一个男孩，大人们总是对他给予厚望的，可面对"小樱桃"这样的男孩子，大人们显然是不能满意的，大家千方百计地想要改变他。比如，当我们站在高处要往下跳时，喊着："嘿，'小樱桃'，你敢吗？"当我们爬上双杠，画出优美的弧线时，对着"小樱桃"喊："嘿，你敢吗？"或者当我们爬上树梢，抓住一只知了，让他张开手掌，喊着："嘿，你敢吗？""小樱桃"总是一脸无辜地站在一旁摇摇头，脸颊上的肉也会跟着晃动起来。

如果不是触犯了二爷的教子底线，我估计"小樱桃"也不会被迫练习跆拳道。那时候我已上小学了，每天被各种补习班压迫着，很长时间都没见到"小樱桃"了，而"小樱桃"在幼儿园竟然被同一个同学欺负了两次。

事情是这样的，有一次"小樱桃"像往常一样准时去幼儿园，他吃完点心后，老师发了拼插玩具，他坐在自己的小椅子上把花花绿绿的雪花片拼成了一艘船，他的同桌羡慕不已，提出要与他交换玩具。"小樱桃"看着对方手里尚未拼完的小猫模型，也许是没有打动他或者是习惯了本能性地摇头，总之，"小樱桃"拒绝了他。这一下激怒了对方，同桌把手里的玩具朝着"小樱桃"砸去，"小樱桃"一时躲闪不及，眉骨上方顿时起了一个青色的包。二爷回家后，看到"小樱桃"这副模样，又心疼又着急，冲着他吼了起来："你为什么不打回去？"此时的"小樱桃"像是做错事的孩子，缩着脑袋，眼睛里藏着眼泪。

"小樱桃"再去幼儿园时就学乖了，离那个孩子远远的，吃点心的时候也不看他，玩具也是先等他挑完了再捡剩下的。

那个孩子也许是因没人搭理他，觉得太无聊了，在课间休息时主动找"小樱桃"说"我们玩游戏吧"。孩子对于游戏永远是没有免疫能力的。于是两个孩子玩起了老虎捉山羊的游戏，不用想也知道，"小樱桃"就是那可怜的"小山羊"，不过小山羊也是有绝技的，跑得快。"小樱桃"运用他腿部的力量，迅速躲避"老虎"的攻击与扑咬。两个孩子就这样在操场边上玩起了转圈圈。昨晚下的一场雨，让"小樱桃"跑起来更加带劲儿，清新的空气像被过滤过一样，让他一点也不觉得累，可对方就是觉得没有发挥好"老虎"的威力，在一旁干着急。他看着"小樱桃"展示着"羊"的灵巧，实在气愤不过，趁"小樱桃"不注意的时候，拿来一个石块放在"小山羊"的必经之路上，结果"小山羊"终于被绊倒了，头磕到了花坛边上，可"老虎"不管这些，骑着"小山羊"抡起拳头打了一套"虎拳"。

事情发生后，二爷带着二娘一起去学校，那只"老虎"的家长吓得都没敢露面，那只"老虎"也在家装病了好多天，老师一个劲儿地向二爷、二娘道歉。没办法，这次的事情二爷只能认栽了。看着"小樱桃"额头上隆起的两个青包，二爷当天就报了"跆拳道黑带直通车"，一次性交了一万块的学费。

学了跆拳道的"小樱桃"确实不那么怂了，每天我们的家庭群里都会收到一个"小樱桃"练习跆拳道的视频。压腿、劈叉、俯卧撑、仰卧起坐还有像模像样的一套拳法。看到视频里两条腿横叉在身体两侧的"小樱桃"双腿在打战，脸色憋得通红，头发湿漉漉的，嘴巴还喊着"哈，哈，哈"，我问道："妈，我弟不会练骨折了吧？"我妈回了我一句："我看着挺好的，你看看多有气势。"后来每次的家庭聚会，必备节目就是"小樱桃"的跆拳道动作展示。"小樱桃"每次出场时的那一声吼，都会把我吓得掉落手里的筷子，果然气势不凡，接着是踢腿、冲拳、三七步单手刀双手刀、转身后踢、双飞踢、手部配合着的一个上格挡，最后一个钩脚打拳在一声"哈"中完美收官。眼前的"小樱桃"像换了一个人一样，表现超越大家的想象。二爷微醺的脸上露出得意的笑容："看，儿子，再来一个'空手劈板'如何？"看着"小樱桃"那有些吃惊的眼神，明显感觉这事不在他计划之内。我们怕他尴尬，立马打了个圆场："孩子累了，让他歇歇吧，下次再来，下次再来。"二爷拦着了大伙的好意，继续说："嘿，敢不敢？""小樱桃"看着二爷挑衅的眼神，回道："有什么不敢的。""小樱桃"使出全身的力气，手仿佛化作一把利剑般狠狠砍在那块结实的木板上，"啪"的一声，木板断成两半。"瞧，这才是我的儿子。男孩就应该什么都不怕！"二爷得意地说道，"小樱桃"回座位的时候，我分明看见他那微颤的手连一个肉丸子都夹不起来。

谁能想到看起来已有点样子的"小樱桃"还需要被"保护"。那时小樱桃已经上四年级了，有一天放学回到家，二娘觉得他哪里怪怪的，现削的水果不吃，水也不喝，眼睛还红红的，像不认识二娘一样坐在沙发上一动不动。二娘看了半天才发现，他早上穿的是一件白色的棒球衫，现在却穿着一件被洗得不像样子的红黄条纹 T 恤。后来，在"小樱桃"断断续续的带着哭腔的讲述中，二娘才了解到"小樱桃"遭劫了，劫持他的是比他高一年级的人。那天放学后，"小樱桃"一个人走在回家的路上，有个人拍了他的肩膀，就在他要回头的时候，另一边的肩膀被另一人架起，就这样，他被夹在中间，一边一个地拉着他走，路人还以为他们是好兄弟呢。他还未来得及说话，其中一个人便笑眯眯地说："把钱拿出来。""小樱桃"是练过跆拳道的人，怎么可能任人摆布？他快速挣脱了他们的劫持，想赶紧跑，奈何书包太重，一时起步缓慢，被其中一个胖子给拉住了。"还敢跑，揍他！""小樱桃"用了上格挡、下格挡、上踢、下踢、侧踢、膝盖踢等动作，最后连牙齿都用上了。奈何两个人的力量终究比一个人的力量强，光天化日之下，他们还是把"小樱桃"打了一顿。最后，"小樱桃"只好老实交代钱都用来买漫画了，但他们不罢休，翻遍了"小樱桃"的衣服口袋和书包，里面除了他们不感兴趣的漫画，什么都没有。那个胖子不肯承认这次的失败，恨恨地留了一句话："明天带保护费来。"

二爷是在"小樱桃"的哭声中踏进门的。得知真相的二爷做了至今令他感到后悔的事。他拽着瘦弱的"小樱桃"到跆拳道馆要求退款，因为"小樱桃"说了一句"他们不按照规定动作出牌"，二爷觉得这跆拳道只空有架子没有实际功用，开这种课是在骗家长的钱。

第二天课间，有个同学很神秘地走到"小樱桃"身边，对他说："你爸爸来了，在老师办公室呢。""小樱桃"放下手里的笔，慌忙向办公室奔去。

还没进门，就听见二爷以浑厚的男中音嚷道："你们也当街被打试试？把那几个兔崽子叫出来，看我怎么收拾他。"

几位老师都来拉二爷，二爷的火势更加浓烈："怎么？你们还想对我下手？"说着就把袖口往上卷起，意要和那几个劝架的人干一场。

"如果他们犯了罪，你们这行为叫窝藏罪犯。知道吗？你们犯了窝藏罪。"在二爷的声讨话中，老师们都成了罪犯。

"我们调查完了再跟你解释……可以吗？"班主任张老师耐着性子说。

"别跟我扯没用的，赶紧叫那人出来。"

"等我们……"张老师的话还没说完就被打断了。

"等什么等，你们老师就是这样，等了一段时间后这事就不了了之了。谁信你们的鬼话！"二爷的表现出乎"小樱桃"的预料。

张老师的话没有赢得二爷的信任。二爷带着"小樱桃"去了校长办公室。校长表现出很为难的样子，神色凝重道："这是起严重事件，竟发生在我们学校。我们一定严肃处理。"校长的话深得二爷的心。

"不过，我想问一下，这事真是发生在我们学校吗？"

这一问，倒难住了二爷，二爷踌躇道："这事就发生在离校园几百米的地方。该是你们的责任。"

"那你拿出证据来。"

"小樱桃"看着二爷的脸，拉拉他的衣角说："我们回去吧。"

"滚一边去。"二爷面色发紫、额头冒着汗说道。

"那也得容许我们调查呀，总不能这么不管不顾地闹吧。"

"谁闹了，你说谁闹了？"说着二爷手一挥，就把校长桌子上的书都扫到地上去了。

"你告诉我如果是你家孩子被打了，你会怎样？你说，你说啊！"二爷兀自爬到校长的桌子上去了，躺下来，突然间用一种震耳欲聋的声音吼道："来啊，你们有本事就冲我来！"

二爷躺在校长的桌子上吼叫着："来，你们冲我来！"

二爷手反指着自己的脑门，说："来，冲这儿来！"

二爷捶着自己的胸口，说："来，冲这儿来！"

这起事件在二爷的助推下升格为学校里的一起恶性事件。"这起事件严重败坏了我们学校的名誉，后果非常严重。"学校里的高音喇叭声满溢着校长往外喷射的怒火。

那两个收保护费的学生被学校记了处分，他们的监护人也被请到学校聆听校长的教诲。他们一时之间成了学校的名人，当然也有个人因为这事而声誉轰动全校，那就是"小樱桃"。私下里所有人都视他为"洪水猛兽"，把他当作"重点保护对象"。上课时，他的课桌被搬到了讲台旁边，下课后，同学们都不敢惹他，如果无意中发生矛盾，不管谁对谁错反正都不是"小樱桃"的错。就这样，"小樱桃"被重重"保护"起来了。

刚满十六周岁的"小樱桃"明白了一件事——命运需要掌握在自己手里。他选择了离家不算很远的寄宿制学校，在那里他可以享受到短暂的自由。他就像刚刚被阳光浇灌的小苗，尽情舒展着自己的枝叶，蓬勃成长。如果这时候你再看到"小樱桃"，细心的你会发现他的脸色一扫之前的灰暗，嘴角还会经常向上翘起。

不过在大人的眼里，他可不是这样的。只要一回到家，他就把自己关在房间里。只有吃饭时能见到他的身影，一般情况下，他是"神龙见首不见尾"，把自己搞得很神秘。二娘经常忧心地对我妈说："小哲是不是长得太快了，也不爱说话，对谁都是一副不耐烦的样子，都不知道他在想什么？"

"小樱桃"能有什么秘密？如果你看过他的QQ空间和微信阅读史的话，你就能对他有所了解。"史上最甜情话大全""追女生攻略"……这些都是他经常看的。我在心里偷笑着，那叫"璇"的女子，真的能看上这像含羞草一样的"小樱桃"吗？

说来也巧，暑假放假回家后，我妈让我给二娘送点她做的玛德琳蛋糕。刚下公交车，我就瞥见一个身影，一看正是"小樱桃"。他跟一个扎着马尾的女生并排走着有说有笑，完全不像大家印象中那不耐烦的样子，还时不时殷勤地蹲下给女生系鞋带。天呐，这大大出乎我的意料。他们讲话太投入，完全没有注意到尾随在后的我。最后他们分手的时候，我看见了那张有高高的鼻梁、饱满的额头的侧脸，肤色白皙，确实不错。

　　我追上前去，拍着"小樱桃"的肩膀："哎呦，不错呀！"我看着"小樱桃"，又瞟向那远去的马尾辫，"小樱桃"神情惊讶的脸上随即现出腼腆之色："你要是告诉别人我就跟你绝交。""小樱桃"告诫我说。临进家门前，他似乎还是不放心，非要跟我拉钩许诺才罢休，然后小声地对我说："她也喜欢宫崎骏，不过还没答应做我女朋友呢。"

　　那个暑假，我接到最多的电话就是"小樱桃"的了。面对他各种问题，我要随时随地回答，哪怕我在上厕所都要把手机带着，如果一时没有接通电话，他就会生气，然后脆弱地跟我说："姐，我要失恋了。"

　　真正失恋的人是我。那段时间我刚与相恋三年的男友分手，对什么事都心灰意懒。当我走出这段感情的时候，才发现好久都没有"小樱桃"的消息了。

　　我再次见到"小樱桃"时，已经看不到他上翘的嘴角了。原来"小樱桃"已经被迫"分手"了。说起来也是奇怪，有一天，"小樱桃"收到了一条陌生短信，短信内容是要求"小樱桃"离张璇远一点，以后不许和她走在一起，让"小樱桃"回复"1"表示同意。"小樱桃"心想，肯定是哪个家伙在恶作剧，就没有理睬。结果晚上放学后，"小樱桃"就被一群人拦在了学校操场上。天色很黑，一张张脸向他呼着热气："你小子胆子不小啊，竟敢不回我们老大信息，看你是吃了熊心豹子胆了。我们老大就要你一句话，同意还是不同意。""小樱桃"被一帮人推搡着，根本不知道谁是他们的老大。"小樱桃"就这样被一群人摇晃着，有人在他后背拍了一巴掌，有人在他腰部打了一拳，还有人在他屁股上摸了一把，场面一度混乱。后来人群中跳出来一个人，扇了他一个耳光，"小樱桃"想还手，可还没等他挥动手臂，就已被很多只手横七竖八地抓住了，他们像捆粽子一样地缚住了"小樱桃"。"小樱桃"瞬间就蔫巴下去了，嘴巴里蹦出一句话："我同意！"最后，他们得意地把录下来的视频带走邀功去了。

"小樱桃"一直也不知道那个所谓的"老大"是何许人也，可学校里的人都知道有这么个怂包。"小樱桃"再次成为"公众人物"。他知道张璇再也不会理他了。哪个女生看到这样的视频后会爱上"小樱桃"这样的人呢？一定还没开战就已投降，"悲夫，哀哉"，我想古人创造出来的这样的叹词，很符合我当时看到这些视频的心境吧。

有一天，"小樱桃"在教学楼的过道上再次见到那女孩，当他们目光交错时，他能明显感觉到女孩有一种虚空的躲闪。

"姐，其实我要是撑住了，璇肯定会答应当我女朋友的。""小樱桃"多次后悔地说道。

"小樱桃"就像不再充气的皮球一样一路瘪了下去，任你如何使劲拍都不动弹。现实如此残酷，让"小樱桃"几乎招架不住。自此以后，"小樱桃"将所有的爱恨情仇统统放进漫画中。

看着日夜沉沦下去的"小樱桃"，我们一大家子都深深感到担忧。二娘把漫画都藏了起来，二爷断绝了他的经济来源，可当你看见他对每个人那仇恨的眼神，你就会觉得他已经走火入魔了。二爷那一次发了一通大火，甚至动用了有史以来从未有过的暴力。"小樱桃"从小到大因为胆小往往被吼两声眼睛就开始发红，若要再扬手作势要打，"小樱桃"就开始求饶了："我错了，下次再也不敢了。"面对着这么乖巧又容易认错的孩子，怎么舍得再下手呢。可那次，当二爷拿到"小樱桃"的成绩单时，便再也忍不住了，从"小樱桃"房间床下掏出了一堆二娘没有发现的漫画书。"小樱桃"坐在椅子上没有动，看着二爷当着他的面把漫画书一张张撕了。然后二爷又从"席梦思"床垫下翻出了他的压岁钱，把压岁钱也都搜缴了。直到最后，二爷把墙上宫崎骏的那张漫画揭下来准备撕时，"小樱桃"从椅子上一纵而起，跟二爷夺抢起来。宫崎骏是他心目中的神啊，他怎么能容忍谁对自己的神不尊敬呢。二爷终于被他这样的行为激怒了，开始对"小樱桃"拳脚相加。

"小樱桃"这次没有求饶也没有认错，你要是看到他当时的脸色和眼神，就会觉得他已经不是你所认识的那个软萌的"小樱桃"了。这个"小樱桃"已化身为刺猬。看你的那种眼神，就像拔下身上那一根根刺射向我们，太冷漠太可怕了。

也许因为我们是前后脚走进青春期，我对"小樱桃"更多的是理解。我会偶尔塞一本漫画书给他，也会拿些零花钱给他。

"姐，我现在巴不得马上长大，长大了我就自由了，想干吗就干吗。""小樱桃"理解的"长大"就是没人管。

我笑着没有回答，他对"自由"的理解就是无拘无束。其实生活中有很多的身不由己，这比被人管束要难过得多，欢乐和伤悲，就像一对形影不离的孪生兄弟，在每个人心灵成长的过程中互相撕咬着，可"小樱桃"哪里懂得这些？我想，就让他快乐一时是一时吧。

"小樱桃"骑着电动车去上学的那天确实很快乐，那时他已经由住校生转为走读生。那天他确实很高兴，除了因为清早的空气，更因有照在身上的阳光与在风驰电掣中不断倒退的树木，如在看 3D 风景画一般，"小樱桃"感受到了前所未有的喜悦与新鲜，周遭的世界都暂忘脑后了。更让他心情大好的是，路上他为了避让一个逆行的小学生，竟然撞上了一根电线杆，幸运的是他戴着头盔，没有受伤，更没有影响到他美好的心情。最终他踏着最后一段铃声冲进了教室。

那个清晨，其实跟往常一样，没有什么特别之处。"小樱桃"没有迟到，上完早读接着上了两节课。直到大课间，他才感觉到这个早晨是如此不同寻常。十点发布的微博新闻头条有一个大大的标题——《头盔哥撞伤妇女儿童扬长而去》，一时间"头盔哥"红遍网络。新闻中登载的一张照片是"小樱桃"摘下头盔穿着校服站在电线杆旁检查自己的电动车，另一张照片是"小樱桃"旁边的一个抱着孩子的妇女摔倒在地，还有一张是"小樱桃"骑车离去的背影。照片中，"小樱桃"潇洒的背影和孩子的哭相形成鲜明的对比。

"头盔哥"遭到全民攻击。我相信"小樱桃"没有对手，不需要雇佣网络水军来骂他。那些网络水军都是自发自愿的，他们代表着"正义"，他们的力量太强大了，如果有谁胆敢替"小樱桃"说一句好话，那么这个人很快也会被淹没在口水中，有时被别人"问候"到祖宗十八代的都有，他们的搜索能力更强大，不消两小时，他们已经搜索到"小樱桃"的班级和学号。

其他班的同学们争先想来一睹"头盔哥"的真面目，教室门口已经被堵得水泄不通。

"小樱桃"在自己手机上也看到了自己，没错，那几颗"小樱桃"似的青春痘确实是自己的。怎么做好事的反而变成了肇事者？

那么"小樱桃"撞人了吗？"小樱桃"被请进了校长办公室。

"照片上的人是你吗？"

"呃，好像是的。"

"那么撞人的也是你了？"

"不，不是我。"

"撞人了，为什么还跑？"

……

校长根本不听"小樱桃"的解释，显然，照片的说服力要远远大于本人的说服力，因为照片是不会狡辩的，而人却长着一张嘴，往往是用来狡辩的。显然，校长有一副理性的头脑。

"小樱桃"已经不想再说什么了，也不知道到底该怎说。校长以他的思维逻辑恨铁不成钢地把"小樱桃"痛斥了一番。

事实上，"小樱桃"在避让小学生的全过程中是因行车速度太快才撞到电线杆的，而正巧这时候，那位抱着孩子的妇女从巷口出来，不小心崴到了脚，也跌坐在了他的旁边，那受了惊吓的孩子顿时大哭不已。当时"小樱桃"站起来检查自己的车后又看了一眼正在哭泣的孩子，问了一句："没事吧？"妇女摆摆手说："没事，就是脚抽筋了，坐一下就好了。"

看完这个"安然无事"的孩子，"小樱桃"就骑着车上学去了。

有那么凑巧的事吗？"小樱桃"在恍惚中自己都有些怀疑了。

校长说到激动之处，把书桌上的书拍得"啪啪"作响，好像只有这样才能压制住内心的愤怒。"小樱桃"做出了这么有损校风的事，造成了如此不良的社会影响，让别人怎么再信任这所学校把孩子往这所学校送呢。

"回去把校训抄一千遍！"校长最后终于对"小樱桃"失去耐心，把他从校长室赶了出去。

"哇，原来就是他啊。"

"看着不像啊，长得人模狗样的。"

两个女生在过道上用"小樱桃"能足够听到的声音交谈着。

男生们更加奔放一些，伸出头来，吹着口哨，喊着：

"'头盔哥'，欢迎归来。"

"小樱桃"低着头，依然能感受到众多嘲笑的目光在炙烤着自己。

突然间，一个人朝"小樱桃"走来，竟是张璇，不，应该说是"小樱桃"心里的女神。依然是那高挺的鼻梁、饱满的额头、白皙的皮肤。"小樱桃"真想不顾一切地告诉她真相，但"小樱桃"站住了，脸皮发烫，因为这次他看到女神的眼神里不再有躲闪，她一直盯着"小樱桃"，看了好久，可傻子都看得出来，这逼视的眼神里，充满着嫌恶和鄙视。

既然现实容不得解释，那不如什么都不说。"小樱桃"心灰意懒，突然觉得什么都没意思，他低下头，以缓慢的步伐走在回教室的路上。如果这时候你在现场，就会发现"小樱桃"那上扬的嘴角与那透露着酸楚的眼神，对，他在自嘲，要不怎么解释这最后的微笑呢。

从二娘躲闪的目光中，"小樱桃"猜想他们已经知道了这件事，可二娘的神情极不自然，说话的时候竟带着一丝讨好的意味，二爷依旧粗暴简单，回去就是一顿乱吼。在这过程中，"小樱桃"自始至终都盯着墙上的漫画，一个字都没有说，直到二娘发现"小樱桃"那空洞的眼神，才阻住了二爷的训斥。二娘说二爷让"小樱桃"刷牙他就去刷牙，让"小樱桃"洗脸他就去洗脸，让"小樱桃"睡觉他就上床了。一切都是那么平静，比往常要平静得多。

二娘第二天一早打开"小樱桃"房间的门时，发现被子已叠得整整齐齐，房间里面没有人，二娘把家里各处都找了一遍，依然不见人影。二娘回到卧室摸了摸被子，温度凉凉的。"小樱桃"就这么无声无息地走了。

失去了"小樱桃"，一家人的生活就像掉进了冰山中，阴冷无比。二爷经常懊恼地揪掉自己的头发，而新长出来的全是白发。他把宫崎骏的那张漫画重新贴在了墙上。二娘每天都去书店买漫画，家里已堆满了各种各样的漫画，她说"小樱桃"回来看见了漫画，就会多留一会儿的。她听到漫画在窗台上被风吹动的声音，转过头对我说："嘘，你听！'小樱桃'在看书呢，我们不要打扰他。"奶奶夜里经常梦见"小樱桃"掉进了河里，她伸手去抓，却怎么也抓不住。爷爷一上街就要去买糖葫芦，说那是"小樱桃"的最爱。

我始终觉得"小樱桃"就在世界的某个角落，我等着他回来，因为我有许多话还没来得及对他说，我心想等他回来以后再也不逗他了。

我时常想起小时候我们一起玩吃瓜子的游戏，他不会用舌头把瓜子皮从嘴巴里吐去，我们经常逗他说看谁吃的瓜子最多，他怕会输，于是抓起一把瓜子就往嘴巴里塞，我们又为难他说不许吐出瓜子仁儿，看着他连壳带仁儿一起咽下肚，而我们把一把瓜子嗑得"咔嚓咔嚓"响，最后让他数瓜子壳，谁的瓜子壳多，就算谁赢。"小樱桃"茫然地看着满地的瓜子壳，却找不到一个自己的。"小樱桃"这个笨蛋，不管是瓜子仁儿还是瓜子壳，他都找不到自己能赢的依据。

终于有一天，我鼓起勇气看了宫崎骏的《龙猫》，明明是温馨的故事，我却看得泪流满面。那天夜里，我看见那个清瘦的身影向我走来，问我："姐，你知道我为什么最喜欢龙猫吗？"

"我知道，他是宫崎骏最有名的漫画之一！"

他笑了笑说："你知道为什么只有小孩能看见他吗？"

我看着他，茫然地摇了摇头。

那个懦懦的声音对我说："因为每个孩子都希望有个像龙猫一样的人走进他心里！"说完，那个清瘦的背影走入那黝深的黑暗中。

蝶 影

　　一早起来，尹亮刚把一条腿塞进裤子里，另一条腿却有些抬不起来了。他坐在床上歇息了五分钟之久，才慢慢从衣橱里找出医用腰带，把有红外磁条的那一面固定在后腰上，并拉紧左右的环扣，做完这些后，他感觉暂时还能再撑一段时间，否则又要请假，他嫌手续麻烦，懒得去做这些。他走入厨房为自己煮了碗面，一边吃，一边划拉着手机。今天的节目单发下来了，他看到了好几个熟悉的节目名，心想只要走一走位就好了，不会出什么意外。就在他觉得能松口气的时候，他观看到一个名为《蝶影》的双人舞，心想这倒是个新节目，观赏重点就锁定在这里。

　　尹亮没有上台，只坐在第一排的座位上看着演员们彩排。一波波的人在他面前晃动，偶尔他也会说两句"这位老师，您往里面靠一靠，您快站到后台去了"或是"您嘞，看看您的口型，根本就不对啊，注意张嘴"或是"还有您，注意面部表情，高兴起来"，跟这些老年艺术团的人合作，他的耐心快被磨没了。

老年艺术团下场后，音乐声响起。一对男女分别从舞台的两侧走入，在舞台偏右一点的位置，他们停了下来。女孩在男孩的带动下踮起脚尖，张开双手与肩膀齐平，在音乐的节奏中欢快地旋转，那轻快的样子像只小鸟振翅欲飞，脑后的马尾像鸟翼一般，绕在身后男孩的脖颈处。男孩顺势以一个托举动作把她向上抛起，就在女孩落地的瞬间，男孩拉住她并向自己的身体靠拢，男孩和女孩慢慢靠近，直到两个额头相碰。

女孩的侧脸是那么的熟悉，那高高耸立的鼻根、尖翘的鼻头。尹亮看到节目单的时候就想到会是她，他怎么也不会忘了她右脸颊上的那颗痣。台上的男孩轻抚着女孩的脖颈，那样亲密，眼神中充满了温柔。

"卡，停！"尹亮突然喊了这么一嗓子，差点让女孩没站稳。

两个人突然就那么站定在舞台上，等着尹亮发话，回过神来的尹亮拿起话筒，突然不知道要说什么了。对啊，他们明明跳得不错，为什么要喊停呢。

"柔，动作要轻柔。就你刚刚那托举的动作，要再轻一点。"尹亮赶紧找了个借口说道。

一道光束打过来，照着正在跳舞的两个人。在光晕里，女孩见到男孩的喜悦神色，男孩跟女孩一起弯腰、低头、旋转，两人真像一对翩跹起舞的蝴蝶。

孙丽的舞蹈，确实有了很大的进步，不管是身段的柔韧度还是神情的表现，尹亮从心底里佩服。他知道这支舞蹈作为这场晚会倒数第二个节目的重要性。舞台上的两个人在忘情地跳着，仿佛这个世界上只剩下了他们俩，在属于他们自己的孤岛上，守护着各自的信仰，在一次次战胜困难的过程中，情感得以升华——这就是这支舞蹈的主题，可是尹亮总觉得还是少了些什么，至于到底少了什么，他也说不出来，心里这么想着，他就站起身来从礼堂的侧门出去了。

站在门外，他看着远处的天空飘满了絮状的云，强烈的阳光透过路旁的梧桐树，树影下的斑驳处，几株狗尾巴草摇曳生姿。他记得那一次，他们在一个长满狗尾巴草的地方约会。看着那一大片狗尾巴草在风的助力下妖娆地扭动着身躯，尹亮竟有些似曾相识之感，身体里的某些因子被激发了、沸腾了、柔软了，像是快到沸点的水，就差最后那一刻就冒泡了。他看着孙丽的背影，拉着她在空旷的野地里转圈。那一天他们回来后，就创作了这个叫《蝶影》的双人舞。

门开了，男孩出来了。看见尹亮，男孩熟练地拿出一支烟来。虽然戒烟多年了，但当烟递过来的时候，尹亮还是接了，男孩又给他点烟，对着那一簇烟火，尹亮猛吸一口，那种久违的感觉又回来了。

"导演，这支舞蹈我们已经排练整整两年了。"男孩说。

"这次的表演关系到孙丽的工作，如果能顺利完成，她就能成为我们团的正式人员了。"男孩接着说。

男孩怕尹亮听不懂，用手指向门内指了指："就那女孩，我的搭档。"

在烟雾的升腾中，尹亮透过舞台的聚光灯，回想起那个时候的孙丽。

"你觉得我好还是她好？"孙丽被尹亮托住脖颈的时候，这样问过。

"你说呢？"尹亮含糊地回答。

"今天就说一次，好不好？"孙丽撒娇似的捧住他的脸，在那双眼睛里寻找答案。

尹亮抱着她，把头深埋在她的头发里，使劲地嗅着那种特有的杏仁味，就像他们第一次见面那样，应该说尹亮是被这种味道吸引住的。至今为止，这是他在第二个人身上闻到这种味道。他曾经比较过这种味道与记忆中那种味道的区别。他发现刚开始和女孩相处时，这种味道似有似无，他要在她身上寻找很久。随着认识的加深，他越能感觉到那种强烈的刺激。他常常想，吸毒应该也是这种感觉吧，相处时间越久越是有瘾，当然，那段时间他越陷越深，都快记不清前妻的模样了。

尹亮和孙丽一起躺在床上，孙丽的脚横放在尹亮的肚子上。午后的阳光越过窗格透进来，照在孙丽白皙的脖颈上，她眯着眼，靠着尹亮。细细密密的光线又移照到孙丽的右脸上，脸上的汗毛被高光打着，温顺柔软，让尹亮的心底生出像藤蔓一样的心思，顺着他的意念一路攀爬。

过一阵应该会好起来吧。尹亮点着一支烟看着孙丽，慢慢打起了微酣。

尹亮猛吸一口，吐出了一段长长的烟雾。他感觉心脏有些疼得发慌。

看来男孩并不知道他与孙丽的关系，或许她心里早已把他除名了，这也不能怪孙丽。在这段感情中，他并没有给对方承诺什么，也许当初就是想为这个结局做好准备，自己能够全身而退。男孩并没有注意到尹亮的异常，对着尹亮说："如果我们的演出有什么不妥之处，还请导演多批评指正啊。"

"嗯。"尹亮扔完烟头，转身去了洗手间。

"我叫王石。"男孩冲着尹亮的背影喊了一嗓子。

所有的节目都排演了一遍，尹亮点名再过一遍《蝶影》。

孙丽和王石跳舞的时候，尹亮就坐在台下看着。到底是哪里出现了问题呢？两个人配合得很默契。男孩的舞台经验更丰富一些，能掌控全场，该停顿的地方停顿，该迸发的情感也迸发了，节奏和韵律也很合拍。

"停！"尹亮说着，站起身来，跨过前面的台阶，走上舞台。他看着孙丽，一身碧绿的唐装衬得她的肌肤白里透亮，脸上的汗水已经把她额头上的碎发黏在一起，胸脯处忽上忽下地喘息着，可见她跳得很卖力。才几年不见，孙丽越发成熟了，束起高高的马尾，显得特别高挑。

他看着孙丽正要说些什么，可她的眼神偏离了他的视线，故意把头撇向了另一边。他的话在喉咙里"咕噜"了一下，又咽回去了，他只好转过去对着王石说：

"你的手，应该这样才对。"说着他给王石做示范。

他拿起王石的手，把孙丽的手放在王石的手背上，带着王石握着孙丽的腰。

"转圈的时候，要这样，不要让她离开你的视线。"示范的时候，尹亮注意着不碰到孙丽。

王石试了几次，终于在尹亮的指挥下完成了想要的动作。

尹亮走下舞台之前一直看着孙丽，两人一起跳跃转圈，在搭档的配合下，两人的动作越来越娴熟。他盯着孙丽的后脑勺，高高束起的头发让她的脖颈看起来特别修长。他知道那是她最敏感的部位。在他们最亲密的时候，她特别喜欢他抚弄她的头发。

认识女孩的时候，尹亮还没有从那段悲伤中走出来。他的前妻赵静是个编舞工作者，而尹亮只是个跳舞的小演员，这个小演员的勤奋打动了他的前妻，在她的帮助下，尹亮一步步走到今天。从跳舞到舞蹈编排再到舞蹈编导，都是他那聪慧的妻子给他筹划。可以这么说，没有他的前妻，就没有他的今天。

谁知道，后来发生了意外。在尹亮出差期间的一个晚上，前妻突发心梗疾病去世，让尹亮心灵的天空一下子灰暗了。他经常看见赵静的影子在他身边飘来飘去，飘着飘着，他就恍惚了。在回家的路上，一个不小心他被一辆缓慢前行的汽车撞倒了。虽说没有危及生命，可是腰部一到阴雨天就疼痛不已，比那天气预报还要灵验。

上午的彩排结束了。《蝶影》连续排演了两遍，都没让尹亮感到满意。他在舞台上走来走去寻找感觉，他想象着自己就是王石，在舞台上抱着孙丽的腰。

为了能跳好这支舞蹈，尹亮不止一次地带着孙丽来到给他灵感的那片田野，照耀山坡的日光缓慢低垂，山坡灰色的背脊像露出水面的鱼背，把田野围成半圆形。有了这一小片日光的遮挡，这里花草的花期较其他地方的长些。紫色的苜蓿、白色的蒲公英、红色的彼岸花，还有那毛茸茸的狗尾巴草，都像有了灵性般在伸长耳朵听着他们的私密话。

有一次，他们坐在一束蒲公英旁，阳光照得他们身上暖暖的，蒲公英绽开着"身体"，一阵风吹来，蒲公英几经挣扎，挺直向前，风像在逗弄它一样，就是不放它出去，最后那白色的伞状物脱光了"衣服"，向着更自由的天地奔去。孙丽看着出了神，转过头看了眼身边的尹亮，只见他半卧着身体，左手撑着左脸，头对着太阳，半眯着眼睛。

阳光照得孙丽的脸越来越红，浑身燥热。她慢慢挪到尹亮的身边，靠着他。她把头靠在尹亮的鼻子下。她知道尹亮特别喜欢她身上的味道，便转了个身，面对着尹亮。她的手磨蹭着他的脸，她的手像有魔力一样缠住他的脖子，解开一节一节的扣子，伸向尹亮坚实的胸膛。尹亮反身压过来，贪婪地寻着那带有体温的暖烘烘的杏仁味。

风停了，一朵朵小伞却在强烈的震颤下一起飞舞，与它们一起飞舞的还有两只蝴蝶。那两只蝴蝶在蒲公英的包围下，你追我逐，不知是蒲公英受了它们的影响还是它们被蒲公英带动，越飞越高，最终藏进了一簇紫樱的暗影下。

蒲公英的根被他们的脚尖踩了很大的一个坑，丝丝缕缕的白色茎状物露出触角一直伸展，"挠"到尹亮的心里。尹亮心里像冒出了丝状物，缠得他快透不过气了。孙丽脱掉了身上的衣服，就在自己要将身体交出去时，他停止了动作，坐了起来："对不起。"孙丽心里一惊："为什么？这都多久了。难道你不喜欢我？"尹亮说："不是，是我还没准备好。"孙丽对于尹亮的回答很不高兴。大太阳下，她觉得冷，竟然哆嗦了下。

从技术层面上来讲，这支舞蹈难度最大的动作是王石把孙丽撑起来后在半空探海，单为这个动作，孙丽就需要克服很大的心理障碍。曾经，她亲眼看见一个女演员从伴舞肩膀上摔下来，立在地上像棵倒栽葱，当场鼻子流血，胳膊摔断。一个跳跃支撑的动作就已经吓住她了，更何况还有个探海动作。孙丽那几天魂不守舍，见到尹亮就躲，下班后也躲在宿舍，不在尹亮面前晃了。有一次，尹亮晚上去找她，明明她在宿舍，但就是不开门。

"难道你一辈子就想这样过？"尹亮在微信里说道。

孙丽当然知道他说的是什么意思。孙丽在尹亮的团里一直是临时工的身份，每月的工资最少，发的福利也没有她的份，只能靠多加几场演出来增加收入。孙丽跳舞是有天赋的，别人练几年的动作她可能几个月就能达到同样的水平，可人家资历老又经验丰富，就是瞧不起孙丽，别人不演的节目让她来演，别人做不了的动作让她来做。

孙丽一度想改变现状，奈何团里的编制名额有限，要等到老员工退休了才能空出新的编制名额出来让她进团。没办法，孙丽只能先这么熬着。

最后，孙丽在尹亮的激将法下还是尝试了这个动作。那一天，他们在排练室里反复练习。先是起跳动作。孙丽距离他五步远时转身跳跃，尹亮两只手撑住她，孙丽心里已有阴影，因总是在该立住的时候两手颤抖。心里那股气松了，孙丽像只泄气的皮球慢慢委顿下去了。两人光这个动作就练了两小时，终于能立住了，接下来是探海动作。在平地上做这个动作，对孙丽来说轻而易举，可是在半空中做这个动作，难度系数太大。有时候，腿才跷到一半，孙丽就下来了，急得尹亮额头上渗出细密的汗珠，虽说他在底下也没做什么动作，但光是站着撑住一个八十多斤的人，体能消耗也是很大的，孙丽气得哭了起来："我就说不行吧？我就不是这块料。"

尹亮知道，如果今天晚上不给她疏解这个心结，以后就别想跳了。他拉着孙丽的手，说："别哭了，不想练咱们就不练了，没什么大不了的。以后咱们再也不跳了，回家吧。"说着他就收拾了衣服和道具，准备走了。

就在他跨出门的一刹那，孙丽一把拉过他。他只看了她一眼,什么话都没说,因为从她的眼神里,他读到了一丝不安与不甘,这就够了,对他来说,这就是激将法之下的唯一抓手。他放下手里的东西。孙丽转身,起跳,打了个跟跄,腿还是软了一下,在关键的一刻,尹亮撑了她一下,他们手掌相接,掌心相握,两人立住了,终于立起来了,没有散掉。孙丽就那么坚实地把整个身体交给尹亮,在尹亮的指引下,终于有了完整的探海动作,接着尹亮有力地抬起她,让她坐在自己的肩头,就这样,孙丽坐在他的肩膀上笑了,终于成功了。尹亮扛着她转圈,没转两下,尹亮的腰就撑不住了,两个人重重地摔在地上。

尹亮看着孙丽一瘸一拐地走路,孙丽看着尹亮胳膊上的瘀青,两个人会心地笑了。就这样乘胜追击,连续跳了一周,他们才把这个动作练好。

今天舞台上的两个人,在舞蹈的节奏以及发力方式上都配合得挺好的。如果尹亮不是这支舞蹈的编剧,一般人看不出来他们之间的问题。难道是自己的感觉先入为主,不习惯别人的节奏?尹亮在舞台上踱步,直到舞台监督喊了他一声,他才回过神来。

吃午饭的时间到了,他走下台阶,来到门口的广场前,拿了份盒饭来到二楼。虽说他有专门的用餐地点,但这么多年,他还是喜欢这个地方。他打开盒饭,感觉今天的饭菜还不错,不过他也就挑选了几个他喜爱的菜吃,米饭原封不动还放在那儿。虽然很多年不跳舞了,但多年养成的控制碳水的习惯一直延续至今。从二楼平台向下看去，楼梯上坐满了吃饭的演员。

天空蔚蓝得有些不真实，光滑透亮的"天水碧"颜色，缀着一些蓬松的云，云移动得很快，刚刚日光还很刺眼，现在太阳已经被遮住了。平台上的阴影投射到广场上，在阴影的最深处，坐着《蝶影》的两位演员。

"你吃吧。"王石从盒饭里夹出鸡腿放在孙丽的碗里。

"我吃不下。"孙丽笑着说。

"那怎么行，无论怎样也要吃点，一会儿吃完我们再单独跳会儿。"男孩说着，要去拿些汤来。

孙丽及时拉住了他："我不喝汤，你也不要喝。"

尹亮在心里笑了笑，他记起第一次与她见面时的场景。那次他们去外地演出，尹亮在团长的委托下，带着这个实习的丫头，也是在吃饭的当口，孙丽要喝汤，尹亮一把拦住她："不要喝汤，要不然脸部会浮肿的，影响上镜。"

那次之后，孙丽有什么问题都会请教他，她把他当作前辈、兄长甚至亲人，有什么秘密都与他分享。不知不觉，孙丽爱上了这个给她帮助的人。

尹亮不同意道："一，她还小；二，他还忘不了赵静。"

"没事，我可以等你！"孙丽对自己有信心，相信时间能够改变一切。

两点钟彩排开始了。尹亮站在台下，他拿着对讲机，和灯光师、音响师、主持人、舞台监督说了声："各就各位，准备开始。"瞬间，整个礼堂响起了音乐，那种激烈、昂扬的声音在他的血管里流动，直冲他的脑门。他浑身的激情被调动起来了，感觉自己化身成了一棵水草，在水波里荡漾，那种顺水而下的畅快之感，让他有种说不出来的享受。

第一个节目是开场舞。这场舞蹈结合了传统舞蹈和现代舞蹈的精髓，带动了整个现场的气氛。

"过，下一个。"这样的老节目，在演员和导演之间已经形成了默契，走下过场就行。

后面是一个女生独唱，接着是京剧和水袖舞结合在一起的一种舞蹈，也是表演过多次的节目，接下来是小品、古筝独奏等。

所有节目彩排得很顺利。尹亮把上午画出来的问题都一一指正了一遍，直到满意为止，最后轮到《蝶影》的演员上场了。

一束强光打下来，孙丽在一个圆形的光圈里静默不语，男孩从舞台右侧上台，大跳、翻腾、转圈，一套动作下来，又弯曲着背蹲下，匍匐向前。"看，一大片的狗尾巴草出现在屏幕上，这是他们创作的发源地。"

他孤独地坐着，哀怨地低着头。孙丽从他身边经过，坐下来。两个人就那么看着这些日子在手心里流淌。突然，男孩站起来，眺望前方，孙丽也跟着站起来。男孩踢腿高举，女孩一个跳跃补上，两个人一起转圈、抬右手、提右腿、转圈，男孩蹲下，从孙丽的右手边经过，左手抱着她的膝盖，右手挽着她的手，孙丽的整个人都掌握在他的手臂上，缓缓地在原地转了三圈，轻轻地放下。孙丽握着他的手，身体前倾，后腿向上伸直，这是一个漂亮的探海动作，她把自己的身体完全舒展开，就像一枝向前延伸的藤蔓，每一个触角，都向四周扩散。

底下的演员们使劲地拍着巴掌。尹亮在演播厅里，看得热血沸腾，像煮开的水在心里冒泡——"咕嘟咕嘟"。

音乐舒缓下来，两个人的动作也更轻柔了，手臂配合着脚下的舞步，做出风儿翻腾的样子，就像他们在那片热气升腾的田野里。光线打在他们的手臂、脸庞、头发上，他们像个塑像一般静止不动。尹亮也记不得这场舞到底跳了多久，似乎是从他们认识的那一年一直跳到现在都还没有停止过。

两个人在舞台中央一起旋转，步伐一致。孙丽拍了下男孩的肩，男孩把她倒置，孙丽越过他，向上翻腾。

男孩又一个托举，把她举到头顶，转圈。孙丽飞身下来，男孩看着她跳跃、伸展，像一棵树对着大地的眷念，深深地扎根在这片泥土里。

孙丽向后退去，慢慢地一个转身，对着他笑。男孩一个跨步，掐住孙丽的腰，举起来了，孙丽的整个身体在半空中做了探海动作。观众们都屏住呼吸，这样的时刻，不能有半点闪失，做这样的高难度动作，实属不易。五秒钟后，孙丽收腿，坐在男孩的肩膀上，转圈，微笑。这是他们最美好的一刻。

美好的时光总是那么短暂。笑着笑着，孙丽的眼泪就下来了。男孩渐渐隐去，不见了。最爱的那个人离你而去，在多少漆黑的夜晚，孙丽独自一个人面对孤独的感伤，那个人再也不见了，留下的只是那个背影……

就像那晚一样，尹亮看着孙丽收拾起自己的行李。她打开行李箱，一件一件地收衣服，从内衣到袜子再到外套，叠得整整齐齐，分门别类，行李箱被塞得满满的。尹亮端着一杯水，始终没有说一句话，直到家里的门被"砰"的一声关上了，尹亮端杯子的手才松开。他轻轻地放下手中的水杯，坐在凳子上。家里突然的安静，让他一下子适应不过来。他静心感受着。那种寂静，像小时候走过的夜路，芦苇荡里突然吹来的风声，都能给他片刻的安慰。他以为，孙丽只是赌气，过几天就好了，等他在房间里再也闻不到杏仁味时，才隐约觉得事情已超出他的想象。

孙丽和王石跳完这支舞蹈，所有参与彩排的演员都站了起来，向他们欢呼。演员们对他们竖起了大拇指，还有一个男演员吹起了口哨。孙丽的脸涨得通红，她也对自己的表现很满意，但是她瞥了一眼台下的尹亮，就觉得事情不像她想的那么简单。

尹亮知道这次的表演涉及孙丽的心愿，如果自己能帮助她达成心愿，也算是给她的补偿，或者是让自己心安。他要让孙丽在每个环节都做到精益求精，所以他的眉头紧锁，陷入沉思。

"刚才你们拥抱过后的那一段，再来一遍。"每次都是这样，只要尹亮不满意，他就会反复折腾，像是此刻舞台上的演员刚开始旋转，尹亮就明白了。他立刻喊停。他激动万分，他知道了症结在哪儿，对——情绪，就是情绪。他立刻跑上舞台。

"你知道吗？离开最爱的人是什么感受？那是锥心之痛。在这个世界上，只有你一个人，守护着你们曾经共同拥有的回忆。一个人，昨天还在你的身边，今天就再也找不到他了。你该怎么办？这些你想过吗？怎么用你的肢体语言表现出来？"

孙丽听着这些话，看着尹亮的眼睛。她的眼睛里含着泪水，可是她正努力地不让它们滚落下来。

收拾行李的那天晚上，孙丽的眼眶里也蓄满了泪水，可她就是不让它们掉下来。她不知道自己还能说些什么，或者是再说什么都是多余的。她记得自己的最后一句是"我始终赢不了一个死去的人"。

尹亮承认自己很自私，一度沉浸在自己的悲伤里而忘了别人的伤痛。曾经他喝醉了酒，代驾开着车带他绕了大半个城，他一边哭，一边喊着孙丽的名字。

晚上六点半，离演出还有半个小时。尹亮在做最后的准备。所有演员都在后台化妆。他去了演员的化妆间，给每一位演员鼓劲儿，走到孙丽所在的化妆间，他看见了镜子中，不一样的孙丽。以前，在上场前他都给孙丽发条微信，一个笑脸符号，就能让孙丽整晚表现绝佳，可现在，却留下孙丽独自完成了化妆准备。孙丽给自己化了个淡妆，简单扎个马尾。

尹亮进去后，男孩迎了过来，他们在门口说着话。都这种时候了，王石若再看不出来尹亮看孙丽时的眼神，那就是傻子了。王石把尹亮拦在门口，对尹亮说："我一定会帮孙丽好好完成舞蹈的。"不管结果如何，他都会娶孙丽的。孙丽是他这么多年来一直等的人。尹亮临走时，在镜子里看到孙丽也正看着自己。孙丽当时的眼神，可以这么说，尹亮一辈子都忘不了，愤恨、幽怨或者说像一把刀。

七点，晚会正式开始。尹亮浑身来感觉了，像涓涓流水在血液里流淌，一道光在身体里穿行，就像他以前的每一次演出一样，这种感觉始终在他身体里存在，适时就会被激发出来。已经有好多年没有这种感觉了。

节目一个接一个上演，观众的掌声越来越激烈。所有人都沉浸在暖融融的空间里。舞台上，烟雾缭绕，一众主持走上了仙境般的舞台。演员们穿着色彩艳丽的晚礼服，唱着优美的歌曲。舞台上的女歌手歌声正飚上最高峰时，尹亮的手机发出震动声了。

尹亮关了电话，这种时候，不论是谁的电话，都不能接。

那声音却一直较劲，手机一直震动不已。尹亮看了一眼，原来是台长打来的。

"你怎么才接电话？"台长的语气不大好。

"工作的时候不是不能接电话吗？"尹亮还觉得委屈。

"表演到哪个节目了？"台长不想啰唆。

"还有三个节目。"尹亮如实回答。

"情况有变，张市长一会儿有个紧急会议要参加。时间来不及了，这样，你把倒数第二个节目去掉。最后一个是综合性的节目，去掉不合适。到时你来引导一下，让张市长上台讲一段话。"台长语速很快道。

尹亮接完这个电话，半天没回过神来。倒数第三个节目已经开始了。时间太紧了，事情太突然了。尹亮感觉身体里好像有一口气，从什么地方漏掉了。他有些松垮了。

他记得那次，阳光从玻璃窗户上漏进来，在她的脸上印出条状的光斑，她那美丽的天鹅颈显得更长了。她就那么等着他说话：结婚或者分手。他们已经把自己逼进了死胡同。两个人都心力交瘁，只等着对方开口，结果，谁都没有说话。

他拿着对讲机，对着舞台监督说："《蝶影》演员在吗？"舞台监督回答说："在的，都准备好了。"

他拿着对讲机，叹了一口气。准备了这么久了，就这么放弃吗？孙丽得多伤心？现在这根关键的指挥棒就在他手里。他该怎么办？如果让他上场，得罪了市领导，这可不是闹着玩儿的，说不定他的工作就保不住了。只能选择其中一种。没想到，他与孙丽之间，还有这种选择。

舞台监督听着这长久的叹息声，以为会出什么岔子呢，说："导演，放心吧，他们就在我身边呢，保证不会出什么问题。"

尹亮盯着显示屏，还有五秒钟，主持人就要上台播报下一个节目了。尹亮扯了扯自己的衣领，又解开第二个纽扣。心想：算了，帮她一把。

他拿起对讲机，说："准备下一个节目——《蝶影》！"

说完这句，他把手机关了。

音乐声响起时，只见一位穿着西装、模样干练的男子手拿红色的稿纸往舞台中央走去，在此同时，有两名演员从舞台两侧进入。尹亮在控制室盯住舞台，什么话都没说，直到舞蹈结束。所有的人都沉浸在这支舞蹈的气氛中，结束后大概过了十秒钟，那位一直站在走道边的张市长，倒是先鼓起掌来，接着全场的掌声在礼堂里炸裂开。

主持人宣布谢幕，所有的演员都拥在台上，最后主持人点名感谢导演，尹亮在所有人的欢呼声中上台了，站在孙丽的旁边。孙丽脸上的汗水还没干，妆容有些花了，却并不影响她的美。

"恭喜你！"尹亮说。

"谢谢！"她的脸上并没有过多的表情。

这是全场下来，他们唯一讲过的一句话了。

所有的观众都离席了，演员们也都离场了。尹亮看着安静的演播厅，灯一盏盏熄灭，四周变得越来越空旷，他从未觉得"1号"演播厅在这样的夜晚会如此空旷。

他索性躺在舞台上，打开手机，一条一条的微信和短信提醒，像天上的星辰，密匝匝地向他袭来。微信上的信息，一条也没有进入他的脑海，此刻翻涌出来的始终是那句"谢谢！"……

他翻了个身，闭上了眼睛。就在转身的一刻，他的腰部被拉扯了一下，那种疼痛，那么强烈，他感觉越来越疼，疼得眼泪都掉了下来。

芭 蕉

今天周五，晴。

砂锅里鱼汤已经泛白，范华连揭开锅盖，白色的雾气一下子迷住了他的眼睛。他旋即转动开关，改为小火，砂锅里发出"噗噗噗"的声响，像极了范华连此刻在滚烫的沸水中熬煮着的心情。墙上的电子钟，红色的短针指向数字"5"，往常这个时候，那扇绿色的防盗门就会响起"哔啵哔啵"的暗号声"我是聪明兔，请问大笨熊在家吗"，这时候，范华连就会喜滋滋地用他那庞大的身躯迎接娇小可爱的"聪明兔"。

阳台上葳蕤的芭蕉树上有几片叶子断开了，露出了里面白色的经脉。他扶起那些叶片，想让它们复原，可一离开他的托举，那些叶片又耷拉下脑袋。范华连苦笑一声："要不是为了你们呀，我也不会得罪了'聪明兔'。"说着他拿起白色的纱布，小心翼翼地擦拭着宽厚肥大的叶片，又拿起剪刀，剪掉了那些枯死的芭蕉叶。

细沙般柔软的寂静中，范华连只能听到自己的呼吸声。两年前，他做了心脏搭桥手术，顺势就办了内退。一个人的生活，仿佛时间都抛弃了他，日子缓慢滞重。唯一带给他安慰的，就是周五"聪明兔"的来临。这一天他就像接待贵宾一样，早早就把她喜欢吃的东西准备好，把游戏的道具藏好，以便给她一个惊喜。他在想象中回忆着那一蹦一跳的身影，一笑就有两个酒窝显现的脸颊蹭到他怀里以脆甜嗓音喊着"大笨熊，大笨熊爷爷"。

范华连坐在沙发上，沙发一下子凹陷发出的声音吓了他一跳，像极了一个人的叹息声。他懊悔不已，怎么就冲"聪明兔"发脾气了呢。懊恼中，他还扇了自己一个嘴巴子。要说这个芭蕉树，还是他和"聪明兔"一起买的呢。

范华连买过鹦鹉，养过小仓鼠，还喂过真的小白兔。鹦鹉用灵巧的嘴巴，打开了笼门，扑扇着翅膀，在老范的头顶盘旋一圈，得意地飞走了。小仓鼠咬过"聪明兔"的手指，最后只能把它送人了；小白兔闹得家里始终有尿骚味，儿媳勒令将它放走。

"要不再也不来你们家了。"这句最有威胁性的话，终于让老范放弃抵抗。

那次，"聪明兔"和老范一起去花鸟市场转悠，"聪明兔"一眼看中这棵芭蕉树，老范对这棵树也很满意。他们花了五十块钱才让搬运工搬到了他那六十平方米的房子里。在"聪明兔"看来，这棵树可以作为她战斗时的堡垒，用来躲避敌人"大笨熊"的攻击，这棵树简直太合适了。

可上周五，"聪明兔"突然不高兴了，现榨的果汁也不喝，刚出炉的面包也不吃，拿着绳子来回抽打芭蕉树，那样子看起来很生气。老范一看赶紧夺下绳子，把她拉到一边。"聪明兔"趁老范去做饭时又拿回绳子，继续抽打芭蕉树。等老范的饭做好了，这棵芭蕉树的叶子也被毁得差不多了。老范年轻时的火气一下子冒出来了，从未见过老范发脾气，"聪明兔"吓得哆哆嗦嗦的，哭喊着说："是这棵芭蕉树不吉利，我的成绩才没考好！"

是啊，上次儿子范明来接孙女的时候，看着这棵芭蕉树就皱了皱眉头。等老范送他们出门在隔间换鞋的时候，小范终于憋出一句："这么大的一盆树放在家里，不吉利！"

蔡丽丽跟范明就说过："你爸真不会当爷爷。"这话范明不承认，范明觉得他当爷爷还有点样子，可是当爸爸那确实不咋地。范明和范华连的关系一直不怎么样，自从母亲去世后，实质性的交流就更少了。从小到大，范华连就对范明采取压迫式的教育，不管范明做什么，范华连只要求范明要无条件服从。范明好像从出生开始就是一个"服从"的机器，而输入口令的人永远是范华连。记得有一年，范华连与范明母亲吵架，范明在旁边维护母亲，跟范华连讲道理，自始至终，范华连却只有一句话"你给我闭嘴"，觉得自己很有道理的范明并没有听他的，继续呱唧。范华连感到自己的权威地位受到了威胁，立马跳起来踢了他一脚："滚，滚出去，这个家还轮不到你说话。"满腹委屈的范明在黄昏时那金色的光芒里真的走出家门，沿着河边走了一夜。河面被轮渡覆着一层波光粼粼的晕色，几度让范明想冲进去。如果不是母亲哀伤地呼喊，他想不如就此离去算了。

将要升入高中那年，范明想进最好的学校。范明的成绩差了两分，想让范华连找找他任教育局局长的战友，可范华连就是不去，母亲跟着劝反而被一起训斥："自己不争气，找谁也没用。"后来得知范明进了第二中学，父亲不仅没交学费，反而还拿了两千元的奖励。那是个全县知名的烂学校，范华连不是把他往火坑里推嘛。

"金子到哪里都会发光的。"听听，这就是范华连当年的狗屁理论。

有时候，他也想和范华连表示亲近，可是没说到两句话，两个人的嗓门就会不自觉地抬高，最后往往在面红耳赤中不欢而散。再后来，两个人说话都有明显的克制，就像两块同极磁铁，越是拉近距离，就越是相互排斥。

范华连是个孤儿。他爹活着时在村里名声很臭，村里人都叫他爹"老九"，可他并不是排行第九，而是因为他喜欢推"牌九"。赌博的人都知道，"牌九"有三十二只"牌"十六对"碰"，以"天九至尊"为王。推"牌九"讲究的是牌技和运气，范华连他爹似乎两样都不沾边。在赌场里，他只是个小角色，在人家纵横牌场的时候，他爹只有在旁看热闹的份儿。偶尔有了个"洗面"钱，也被他下到场里，淹没在庄家的钱堆里。一年之中，只在农忙过后，他才能有那么几天够资格上桌。那几天，他挽起袖子，嘴叼香烟，一只脚跷在凳子上，把两只牌重叠着放在一起，眼睛眯成缝看着手里的木质牌，接着又把下面那张牌翻了个身，两只手握住木牌，用大拇指触摸那凹凸不平的点。别人都把牌放下后，他才会亮出两张牌来。当他眼睛眯得更小了，人们就知道他赢了。当他掐着烟头"呸"的一声吐出来时，大家都松了一口气。不把身上的钱输个底朝天，他是不会回家的。

为了一口吃的，范华连和母亲把家里能藏起来的食物都想着法子藏起来，可总是被嗅觉灵敏的爹发现。那年秋天，范华连的爹把一筐胡萝卜搜走，准备去赌场上碰碰运气，范华连抱着他爹的腿，求着给他留一点吃的，结果胸口被爹踹了一脚。

"去你的，还敢挡你爹的道！"

看着他爹大摇大摆地走出低矮的茅草屋，范华连对他的恨又加深一层。

那天，范华连他爹的运气极好，要什么来什么。他在赌场豪赌了三天三夜。这期间他没有吃一口饭，完全沉浸在那一片争雄称霸的场面中。人们犹记得，他摸到最后一把牌时的模样，眯着右眼，拇指肚在木牌上来回搓揉，嘴角抽动了一下，发出"嘶……"的响动，手指又灵巧地翻转一下，一双眼睛圆睁着，大伙都猜不出是什么意思。屋外低旋的风声

"呜呜"地在屋檐下乱窜，众人屏住呼吸，见他把"牌九"往桌上一扔，从他那干裂的嘴巴里吼出"至尊宝"三个字，"哗啦"一声，人们看见了一张"大王"、一张"黑三"。围观的人实在不相信这是范华连他爹起的牌。在人们的惊叹声中，他爹往后一仰，直挺挺地砸在地上。

直到后来，范华连才知道他爹早在一年前已得知自己将不久于人世，在生命的最后一年，他想方设法让自己的生命绽放了一回光芒。白血病摧残了他爹的生命，也让范华连饱尝人间疾苦。

一贫如洗的范华连和母亲，在他爹死后的几年里，依然缓不过劲儿来。他娘也在第二年的冬天去世了。

蔡丽丽有时没空送陶陶去范华连家，这任务就由范明接棒。陶陶上小学后，来范华连家的次数反而多了。陶陶谈不上有多么喜爱爷爷，但这个小区有全市最牛的奥数名师。本来范华连不喜欢这个小区，自从因为名师得来的福利，老范反而觉得这个小区也没印象中那么脏乱差了。

两个小时的课程结束，范华连的饭菜也做好了。三个人一起吃饭，聊着无关痛痒的话题。还是陶陶引起的话题最多，比如老师讲了有趣的课程、一个小实验、同学之间闹出的笑话……小家伙的嘴巴就像一架机关枪一样，"嘟嘟嘟"弹射出来的言语，让沉闷的饭桌都生动了起来。吃完饭，范华连忙着收拾碗筷，范明站在阳台上抽烟，陶陶写作业。三个人在同一空间做着不同的事，像是分工明晰的蚂蚁，规范有序。

　　范华连会在陶陶写完作业后陪她玩一会儿。"聪明兔"戴着在幼儿园汇报演出时的兔子道具，范华连系着灰色的围裙，开始做起了"兔子偷袭大笨熊"的游戏。拖着笨重身体的老范，拿着一个塑料盾牌，防御"聪明兔"的袭击。你一下，我一下，两个人都成为自己假想中的英雄。玩到尽兴时，两个人笑得躺在地板上直喘气。有时，"聪明兔"还会骑在"大笨熊"的后背上，把他当马来骑。范明站在阳台上，看着一老一小的身影，在昏黄滞暖的灯光下，竟有些恍惚的感觉。

　　"爷爷好奇怪哦，竟然跟芭蕉树说话。"陶陶神情很神秘地告诉范明。对于这个问题，范明认为可能父亲孤独了，但让范明疑惑的是，范华连竟然没有想过再婚。早些时候，范明会在无意中提到这个话题，范华连也有意地回避了。要知道，母亲生病的那几年，范华连相当于一个隐形人，照顾母亲的事都落到范明的头上。

　　母亲的遗物只有几件衣物，最值钱的就当属一对金耳坠了。范明当然了解母亲的痛楚，爱了父亲一辈子，临终时却没能见到出差在外的父亲最后一面。

　　母亲是那年春节前去世的，在那之前，母亲时好时坏的状态让范明悬着的心忽上忽下。前一天晚上，范明还与母亲讨论为回家准备的东西，把买给母亲的新衣和红皮鞋放在她身上比画着，母亲还笑他多此一举："都好多天不能下床了，怎么还买皮鞋？"范明想着母亲的精神状态近两天见好，兴许能下床也不一定呢。

当天夜里，母亲就不行了。四处破裂的脑血管像散了黄的鸡蛋，让母亲的意识愈渐模糊，范明怎么叫唤她，她都没有回应了。空旷的医院走廊里，只能听见母亲疼痛的哀号声以及范明来回走动的声音。

母子两人被救护车送回家后，母亲已经气若游丝了。范明闻到了母亲头发因汗水浸湿发出的馊味。他打来一盆热水给母亲洗头，顺着洗发水一起流淌的还有母亲的眼泪，乃至擦干头发，母亲的泪水依然"啪嗒啪嗒"砸向地板，一直流淌到范明的心里。母亲气息奄奄地在寒冷的冬夜中度过了最后一个时辰，范明始终守候在母亲身边。母亲弥留之际，什么话都没说，母亲是个善良的女人，她的离去带走了所有的爱和恨。范明一直握着母亲的手，从温热到冷却再到冰冷，以致在后来很长时间，范明打开冰箱那一刻，都能感受到那种冷。

母亲葬礼仪式开始前，范华连忙赶了回来。葬礼的整个过程，父亲范华连做到了有条不紊、丝丝入扣。墓地的选址，他找了熟人，给了个公道的价格。但凡来吊唁的人，家里有几口人，该拿多少孝布，也都在老范的心里。其间，老范还去了厨房，对范明的表妹嘱咐道："两个寿碗，一条毛巾，不要多放。"给吊唁人的回礼，老范也能照顾周全。

葬礼现场，范华连显出忙碌的样子，甚少悲伤，仿佛是一个游离于葬礼之上、努力帮闲的人。倒是范明，唢呐乐的悲怆凄凉，引得他连连落泪。

后来，每年的清明节，范明都捧着一大束鲜花向墓地走去。阳光直射在头顶，铺满全身，燥热的汗水顺着范明的后脑勺往下洇，湿了大半个后背。路旁的大榕树下，稍有荫凉，范明脱了外套，站在树下歇息。这时，一阵毛骨悚然的激烈哭声传入他的耳朵。静神细听，那哭声里还夹杂着"咿呀"的嗫嚅。为了弄清声音的来源，范明壮胆朝前走，惊诧地发现了父亲的背影。悲痛使他忘记了哭声的响亮，沉浸其中又令他忘记了周遭环境，等他哭得差不多了，范明扔掉烟头咳嗽了一声，反倒把老范吓得惊叫起来。

"回吧。"范明看着父亲尴尬的表情说道。第一次，范明觉得范华连像个迷路的孩子，只见范华连拖着犹犹豫豫的步伐跟在他身后。

狭促的空间，让范华连觉得呼吸不畅，摇下车窗，风刮落叶，旋起一层迷雾。看着开车的范明，范华连一时没找到话题打破尴尬，倒是范明先开了口，说："回去把那盆芭蕉树处理了吧。放在家里，怪瘆人的。"

范华连坚决不同意："又不是你花钱买的，也不需要你浇水施肥，再说了，陶陶也喜欢的……"

范明觉得老爸简直滴水不进。一棵破盆栽，当个宝贝似的，白天看好多遍，没事还要和它说话。住户的家里本就不适合养这么大型的盆栽，这种都是广场或办公室走廊为了吸尘而摆放的。家里一共只有六十多平方米，再加上这株植物，恐怕连转身都觉得困难。最重要的一点，它影响了采光，家里被遮挡得严丝合缝，光线几乎漏不进来，怎么生活。

范明也懒得跟他吵，打算这个周末直接回家把它搬走。

上周五，"聪明兔"终究没来，让老范很是焦虑，半夜他会莫名听到敲门声。虽然脑袋里有个声音告诉他大半夜不会有人的，可他还是忍不住离开温暖的被窝，起身去客厅凝神静听，像极了一只守候在黑夜中的猫。关键是他不开灯，他怕灯亮会吓跑门外的人（虽然门外没有人）。这天夜里，他似乎又听到了敲门声，他在客厅等了片刻后开门朝外张望了一下，声控灯在他开门的一瞬亮起来了，这下他的眼睛确定了什么都没有。他笑自己是不是已老年痴呆了。关上门后，他没有立刻回卧室，而是打开窗户，来到阳台，点燃一支烟。他对着那棵芭蕉树出神了。

你冷吗？他在心里问。

后来他心想反正也没人听见，不如说出声来。

"你冷吗？"他试了一下，果然舒畅多了。

"我把陶陶得罪了。"老范像个受了委屈的孩子。

一阵风吹过，芭蕉树抖动了一下，老范突然觉得这树是在回应他，与他互动了。老范很高兴，索性坐下来跟它讲了好多话。那一夜，老范觉得自己又恢复了年轻时的神采。

老范站起来之前，他的腿已经麻木了。晨曦的第一道光穿透玻璃，往他们身上铺出一层淡淡的金光，看着地上的两团影子，老范轻轻对芭蕉树说："差不多了，我再去睡会儿。再聊。"

夜里寒气重，老范大意了。起身他就花了两分钟，倒下几乎在一瞬间就完成了。撞击在地上的老范想到了自己的父亲。老范躺在地上直勾勾地看着那盆芭蕉树，窗扇的玻璃上透过轻纱般的光，照着芭蕉叶残破的身躯。老范特想知道，他爹在临死前那一瞬间想的是什么，或许也想到了他吧，或许什么都没有想吧。老范还记起多年前闹饥荒，自己浑身无力，躺在离家三里地的路上，残喘着最后一丝气息，差点饿死。他看着月亮洒下的清辉，感觉全身乏力。

范明还未来得及实施自己的计划，就接到了医院的电话。范明急匆匆赶往医院，见到躺在病床上打点滴的范华连，这才舒了一口气。来医院之前听着电话里"120"工作人员的声音，把他吓得够呛。一夜之间，范华连似乎老了，说话都是有气无力的样子。这让范明想起了母亲。母亲生病的时候，也不愿意让他来照顾，总是会呵斥他，让他回去上班，可若一连几天没见母亲，一进医院，范明远远就能看见母亲张望的身影。现在轮到父亲在医院里了，作为儿子的范明，必须请假照顾他。

连日以来的忙碌，打乱了范明的生活节奏。送完了陶陶上学，范明就来到医院照顾父亲。他感觉似乎又回到了照顾母亲的那段时间，自己分身乏术。

范华连的病很奇怪，医生一遍遍地检查，就是查不出什么毛病，可腰部的疼痛又是那么真实。最厉害的一次，一天疼了四次。范华连犯病的时候，范明看着他疼得在地上打滚，自己却无能为力，直到最后，护士打了吗啡，才缓解了疼痛。看着范华连被汗水浸湿的头发，范明想起为母亲洗头发的那个下午。

"你妈是想带我走了。"范华连清醒的时候曾说过这话。

"别胡思乱想，你会好的。"范明看着范华连说。

那天下午，跟平常没什么两样。也许正是因为太寻常，才让范明失去防范意识。范华连提出想去阳台看看，透透气。范明为了满足父亲的要求，特意去护士站要了一辆轮椅。范明把父亲抱到轮椅上，推着他一路来到阳台。

日光开始偏西，阳台上没什么人。范明掏出一支烟递给父亲，父亲先是一愣，后来笑了一声，接过烟来，说："最后一根了。"范明给老范点着火后，自己也来了一支。范明看着范华连抽烟的手，竟有些颤抖，吸进嘴里的烟过了好长时间才从鼻腔里吐出来。最后，他猛吸一口，才把烟头扔到楼下。

末了，范华连转过身来，对范明说："等我死了，你把我的骨灰和那棵芭蕉树葬在一起。"

范明嘴里的烟还没来得及吐掉，就见父亲从轮椅上颤巍巍地站起来要往下跳。范明一个箭步跑上去，抱住了范华连的腰。范华连带着一种必死的决心和范明扭在一起。范明使不上劲儿，只得把范华连摔倒在地上。不死心的范华连往阳台边缘挪去，一边爬一边嘬嚅着："让我死了算了。"范明连扯带拽地把他拉到轮椅上，赶紧推着他往病房走。此后，范明再也不敢离开范华连半步，也不敢再带他到阳台上去了。

再后来，范明带着范华连去了北京的医院，终于查出病因——肌肉萎缩。这些小医院里的机器是查不出来的。在针灸加药物的双重治疗下，范华连脸色渐渐红润起来，也不再需要吗啡来止痛了。

病好以后的范华连，总想着去看一看范明。范明高考失利以后，就报了一所偏远地区学校的师专，三年学成后，当地的教育局改了政策，本科毕业生才有资格参加教师统一招聘考试。范明失去了当一名公办学校教师的可能，被流派到一所民办学校当老师，不起眼的历史老师。

范华连乘坐"230"路公交车，一路颠簸来到范明所在的学校。学校偏离市中心，是在城西靠近一个加油站的地方。学校四周有很多新建的工地，开发商正是看中这是学校，故把从乡下来到市里打工的人全聚集在这里，来增添人气。

这是范华连第一次来到这所学校，他到范明的办公室找范明，只见他的外套放在桌上，人却不在，范明同事告诉他，范明去操场了。操场上除了在上体育课的学生，还有一些教师在打篮球。范华连从篮球场的东面扫射到西面，又从西面扫射到东面，来回扫了几次都没有见到范明的身影。范华连绕着操场走了一圈，终于在一个角落里，看见了捧着书的范明在来回走动，嘴里念念有词。

范华连想如果时间能够倒流，他一定会拼尽全力去求战友，如果是这样的话，范明会不会有不一样的结局呢？

高中那几年，范明几乎一直处于颓废的状态，经常打架、斗殴、喝酒、去网吧，抽烟习惯也是那时候养成的。范明的那段青春期，是范华连最为头疼的一段时光。一次范华连被老师叫到学校训斥之后，回家来忍无可忍终于使用上武力，把范明卧室里的床铺和书本统统扔到屋外，又一把火烧了范明买的磁带。范明在火光中看见那些卷着边的灰烬，一阵风吹过就无影无踪。伴随着这一切的还有范华连的一句"滚，有多远滚多远，你不是我儿子"。

范明失踪三个月后才又回到自己的家。那三个月没人知道他在哪里，母亲在世的时候曾问过这个问题，得来的答复依然是沉默。这段历史除了范明知道，其他人都不了解。它就像全家心里的一块伤疤，没人愿意去撕开那些过往。

范华连靠近范明，看清了范明手里的书——《公共基础知识》，范明抬头看见范华连，愣了几秒才反应过来。

"你怎么来了？"范明把书合起来，卷在身后。

"家里那芭蕉树，我想让你给它挪个盆。"范华连说。

"嘿，这点小事打个电话不就行了吗？"范明语调轻松。

范华连想找个必须当面说的理由，可想想还是算了，转移了话题。他们绕着操场散起步来。

"你在看什么？"范华连还是忍不住问了一句。

"没什么，就是随便瞎看看。"范明说。

"对了，把陶陶送来吧。我的病已经全好了。"范华连说。

"好，我回去和莉莉说一声。"范明说。

下课的铃声响起，范明要去准备下一节课了。范华连看着他离去的背影，赶紧跑几步上前去又和他并排走着。"清明，一起去扫墓吧。"范华连的声音像是从喉咙里挤出来的。

清明节前一天，范明早早准备好了鲜花和金箔，带着陶陶和莉莉来到范华连住处的楼下。陶陶一见到范华连就亲切地跑着扑到他的怀里："大笨熊爷爷，我想死你了。"陶陶蹭着范华连硬茬茬的胡须，范华连抱着她坐进了车里。

一路上陶陶都缠着范华连，给他唱歌，又和他做游戏，逗得范华连都忘记了自己的疼痛。

"你这个小机灵鬼！"范华连搂着陶陶，觉得很满足。

他们到了墓地，瞬间气氛凝重，陶陶也不闹了。范明和蔡丽丽把花献上，老范在旁边点上金箔。

"爸，我们出去等你。"范明拉着莉莉和陶陶先上车了。

不一会儿，范华连也出来了。范明特意看了看范华连，只见他仍是那双干涩的眼睛，并没有哭过的痕迹。范明在疑虑中开车送一家人回家。

夜色如水。范华连又一次站在芭蕉树的旁边。树上那些叶片，虽然还未长出来，不过范华连相信，在不久的将来，芭蕉树又可以长出新的嫩芽，一样葳蕤茂盛。正想着，他仿佛看见芭蕉树的枝叶已经伸向他，他伸出手臂抱住树干。

墙壁上的影子就像是两个耄耋老人相互搀扶着。

"老伴，我会陪着你的……"说完，他又将芭蕉树往自己身上拢了拢。

原来，早在半年前，范华连就已经把老伴的骨灰藏在了这棵芭蕉树下。这个秘密，老范谁都没说过。

穷 途

苏洁和肖雯从苏州回来之后，自觉地结成同盟。

"喂，我妈一会儿会给你打电话，你就说昨晚咱俩在一起撸串了。"接到电话的肖雯，此刻正梦见自己躺在孙元的怀里呢，连说几个"嗯"，就迷迷瞪瞪地挂了。

下午肖雯来了，坐在苏洁对面，盯着苏洁看了很久。

"昨晚去哪儿浪啦？老实交代！"肖雯见苏洁一直不吭声，就只有主动出击了。

苏洁放下书抬起头来，迎着她的目光："你说，头回见长辈买什么好？"

肖雯一惊："够快的呀！"

肖雯"腾"地站起来，捧住她的脸，两只手做出花的形状："这脸送去，还要啥礼物啊。"

苏洁打掉她的手："一边去。"

肖雯严肃起来，担心道："你去他家这关容易过，那下一步呢？是不是他要去你家啊？"

苏洁就佩服肖雯这点，看问题总是一针见血。

"就你妈那眼光，能看上陈磊吗？"肖雯无不担心。

"陈磊有什么不好的？"苏洁反问。

"他有什么好的？"肖雯勒着嗓子说。

"姑娘啊，妈也是为你好，咱不理他。就你这条件，要啥有啥，等你回来，妈给你找个好的。听话，啊，姑娘。"肖雯学着苏洁老妈的腔调说话。

苏洁屏不住气乐了，伸着指头点她："什么跟什么啊？"

"除却巫山不是云，夕阳无限好……"

肖雯捂着脸笑起来，笑声越来越大，最终和苏洁笑成一团。

"没什么大不了的，走一步算一步呗！"问题没有得到解决，依旧像一把刀悬在半空，只是当事人也不知道这刀何时落下何时会刺入他们的心脏。

一

半月前，陈磊在工作室拍照，手机被调成静音模式后不停地闪着幽蓝的光。他是个工作狂，工作期间，任何打扰他的事都能成为他心情不佳的导火索。

圈内人都知道他这个怪癖，一般都不打电话给他，直接去工作室堵人，准没错。

他就是这么任性，谁让他优秀呢。他拍出来的照片，就有大片的感觉。明明是一朵很普通的花，在他的镜头里，那就是艺术品。抽象的、现实的、现代派、后写实主义……他都能折腾，关键是那些找他的客户就只买他的账。

他晚上处理完照片，就放到网站上，他的那些爱豆们，一个个惊呼着出现。不一会儿，他的照片就被抢光了。当然了，陈磊也有自己的门道，同样的一张照片，他只出售一次，所以客户买到的照片，都是独家独版。至于这些照片最终会被制成印刷品的封面还是被印刻在衣服上，那就不是陈磊关心的事情了。

除了拍照，他还喜欢看书和旅游。偶尔在照片下方配上一段他自己写的感悟，又会激起一群爱豆的点赞。现实世界里，他的生活，又如隔离于世。他像个苦行僧，可他自己又不觉得苦，整天宅在家里也不会觉得闷。这样的人，自然朋友不会多，良友亦少，在他很少的益友中，就包括肖雯。

肖雯家跟他家是世交，按理说他俩是青梅竹马，双方父母又都赞成，应结下良缘才对，可惜，万事俱备，只欠东风——两个绝缘体不来电。陈磊把肖雯当妹妹，肖雯把陈磊当闺蜜。两人可以一同逛街，一同吃饭，甚至可以在宾馆睡一间房相安无事。

和陈磊的稳定相比，肖雯就随意多了。

她开过饭店，搞倒过广告公司，后来一度生意火爆的男装专卖店也毁于她手。从这些失败的经验中爬起来的肖雯，总结了一条经验——一定要走传统与现代结合之路。

这不，当她来找陈磊，就是新公司开张在即的时候。她要搞婚纱摄影外加婚纱网络销售。现代之路就是网络现场销售。

"可行吗？这回。"陈磊擦拭着摄像机的镜头问道。

"准行！"肖雯有些心虚，加重了尾音。

陈磊漫不经心地干活儿，不说话。他知道肖雯是无事不登三宝殿，不需要自己的时候，大半年都见不着，一见面就是各种麻烦事。

如果不是阿姨临终时的托付，陈磊根本不想管她的事。就是这种生死嘱托，让他不得不负起哥哥的责任。

"你这几天又没出门？"肖雯瞧着身穿一身棉麻宽松衣裤、扎着小辫的陈磊，开始抽出个话题来。

"也没几天，大概一个星期了吧，忘记了。"陈磊在冰箱角落里找出一瓶矿泉水，"最近接了个活儿，还不错，就是时间有些赶。"他把矿泉水瓶的盖子半拧开递给肖雯。

"嗨。"肖雯想早点进入话题。

"给你找了个好活儿，干不？"肖雯果断出击。

"哦？"陈磊惊讶了，"什么活儿？"

"副总，副总啊。"肖雯抛出个诱饵，"没有人比你更合适了！"

肖雯盘算好了，陈磊当个副总，以技术入股，到时候，她只管跑业务，所有的活儿都交给陈磊来做，省得再招人了。

"不行。"陈磊拒绝得斩钉截铁。

"啊。"一记闷棍打得肖雯始料未及。

肖雯打开瓶盖，喝了一口水，平静下情绪，告诫自己：稳住，不能崩。

陈磊自由惯了，不可能愿受别人管制。陈磊当初毕业，他父亲招他回家继承家业，他愣是没回，这其中不是没有原因的。当初陈磊选报专业时，就听从了父亲的安排，自己想学的摄影只能放弃，如今，他再也不是那任人摆布的布偶，他要选择自己的人生。

"嗯。"肖雯清了清嗓子，"那就跟我去一趟苏州？"

"干吗去？"陈磊回头看了她一眼。

"你负责公司开业前的所有拍摄工作。"肖雯站了起来，"前期的准备工作，你是最关键的一环，你拍静物都有神韵，更何况是一帮美女帅哥。"

"行。"

陈磊心想再不答应，怕肖雯再出什么幺蛾子。上回为了卖男装，硬是把陈磊拉到店里当起模特，肖雯看着他，无不得意，像兜售一件看家宝贝般向那些前来光顾的太太们介绍西装的品牌、价值、优势等。一个下午，陈磊的胸和臀，不知被那些中年大妈们摸了多少次，就在陈磊要撂挑子不干时，肖雯又哭天喊地道："妈啊，你死得好早啊，丢下我不管了，现在我哥也不帮我了，可让我怎么办……"为了平息肖雯情绪，陈磊只得豁出去了。

"哈哈哈，就知道我哥对我好。"说着肖雯就要上来搂陈磊的脖子。

陈磊一躲身，闪开了，说："什么时候去？"陈磊开始筹划时间。

"噢。"肖雯高兴得有些得意忘形，"我先安排一下，最迟下周一去，周五就回来。"

"行。"陈磊又低下头摆弄摄影器材。

肖雯开门告别，走后两分钟又急火火杀回来，丢下一句没头没脑的话："这次保证你不会亏。"

肖雯拿苏洁当诱饵，在苏洁公司楼下的星巴克咖啡厅，肖雯请她喝不加糖的拿铁。

"姐，救我！"肖雯胡乱搅拌着自己的那杯摩卡，眼睛盯着苏洁道。

"啊？又吵架啦？"鉴于肖雯的脾气，苏洁认为孙元值得同情。

"什么啊！你想什么呢？"突然醒悟的肖雯"哈哈"笑起来。

"帮个忙，策划，拿个方案。"肖雯简单介绍了她的伟大设想。

肖雯和苏洁是大学同学。肖雯学美术，苏洁学中文。两个人在不同的系，却处得跟一条绳上的蚂蚱似的。苏洁宿舍有一女生是肖雯同乡，一次肖雯来找同乡借书卡，她要借《金瓶梅》。这部经典需求量太大，最后学校只好规定只有中文系学生可以借，结果发现同乡已经借过了。苏洁看着肖雯遗憾的眼神，慷慨借给了她。之后，肖雯再有事就不找同乡了。苏洁的性情沉默、沉稳，与肖雯正好互补。

肖雯和孙元在一起已经五年了。孙元比肖雯大，孙元在实习期间作为肖雯的体育老师，没一点威严，反而被一帮女生调戏，其中最厉害的就数肖雯了。后来，孙元实习结束，肖雯请孙元吃饭，吃到气氛热烈之时，孙元颗粒般大的汗珠滴落到酒杯里，肖雯劝他脱掉外衣，孙元死活不肯。待孙元被一帮人灌醉后，肖雯亲自动手脱孙元的衣服。看到孙元那各种颜色相拼的毛衣像一张缝补过度的破渔网，肖雯的心像被挖了一块肉般的疼。

孙元很奇怪，肖雯对他的态度怎么会三百六十度大转变。肖雯对孙元说那晚的酒太烈，冲人，有眩晕感，却从来不说她心底的柔软。

肖雯做了他的女朋友后，对他的关心也是三百六十度无死角。大事汇报、小事请示，孙元就像个小跟班。孙元动手能力特别强，什么都会，烧饭做菜、洗衣打扫，孙元全包了。

肖雯上学时，孙元就向她求过婚。肖雯以没毕业为由，理所当然地拒绝了。肖雯毕业后，孙元又求过婚，肖雯给出的理由很牵强：没时间。孙元不敢再催，怕她生情绪。

肖雯有自己的主意。苏洁曾问："什么时候结？"

"情绪不对，等一等。"

"怎么叫'不对'？"

"对就是对，不对就是不对。"

"怎么叫'对'？"

"就是对的感觉。"

两个人像说对口相声一样，绕来绕去。苏洁知道，肖雯其实对婚姻有要求。她母亲生病期间，父亲在外面已经有人了，她母亲住院期间都是肖雯一边读书一边照顾。看清了婚姻的本质，肖雯不敢轻易迈进去，她怕。

苏洁在一家进出口公司做对外业务。大学时留下的中文底子还在，也没扔，有需要的话还给别人写写小剧本。肖雯这次去苏州，自然想到苏洁，也有意撮合她和陈磊，因苏洁刚失恋不久。

二

行程确定下来，肖雯就带着一车人出发了。五个小时的车程很快就结束了，七七八八的俊男靓女都下车了，像落地的麻雀一样，叽叽喳喳。肖雯招呼苏洁和陈磊下车。

苏洁上车时，看着满车的座位，只有陈磊旁边有空座，便用嗔怒的眼神看着肖雯，肖雯却露出无辜小鹿的神色。苏洁心想：可恶的肖雯。

苏洁和陈磊两个人在后排坐着，一路上颠颠簸簸各怀心思，游离于嘈杂的环境，待肖雯喊他们，才在恍惚中回过神来。

给陈磊看完方案，一向自信的苏洁，破天荒头一次遭到毁灭性的打击。陈磊几乎是全盘否定了她的方案。苏洁选择的地点是苏州乐园，一个具有现代气息的场所，而陈磊选择的地点是苏州古镇，地域特色浓厚。两个人为这事差点吵起来，还是肖雯当场拍板——两个地方都去。

下车后，肖雯断后，表面和模特们嬉闹，实际在有意观察两个人。两个人各自拿着行李走着，中间隔着两个人的距离，不急不慢，全无交流。

不知道他们在车上交流了没有？肖雯想。

实际上确实没有。几个小时里，陈磊一言不发，苏洁也没有说话。苏洁不喜欢男生留长发，太飘逸了，就显得"娘"，硬茬了，又感觉油腻，总之，怎么看都不舒服。苏洁索性只用余光看他的动向。陈磊要喝水，弯腰取包，她往玻璃窗那边挪了挪；陈磊画素描时铅笔掉了，她主动捡起。整个过程二人全无眼神交流，但起码的礼貌还是要有的。陈磊戴着耳机，音乐在耳朵里轰鸣，眼神却无意中落在一本诗集——《我们爱过又忘记》上，陈磊心里暗笑：少年不识愁滋味，为赋新词强说愁。

酒店是一栋木质结构的明代建筑。苏洁和陈磊被安排住在楼上，其他人都住在楼下。

模特们不吃晚饭，早就循着音乐跑去酒吧了。其他人约好六点吃晚饭，苏洁回到房间，坐在宽大的床上，全身突然松弛下来，靠着枕头迷迷糊糊地睡着了。

六点半，手机铃声准时响起，苏洁这才从梦中被拉回来。

"你要做神仙，不吃饭啦？"电话那头的肖雯声音尖利到直冲鼓膜。

"这就来。"苏洁的声音还在朦胧状态。

在去餐厅的路上，苏洁看见陈磊走在她前面，看起来也是要去吃饭。

苏洁紧走两步赶上他："你也要去吃饭？"

陈磊"嗯"了一声算是回答。

"我不小心睡着了。你也是睡了吗？"陈磊又"嗯"了一声。

看来这一路上，两人都有些拘谨，都很累。苏洁突然间就释然了。

苏洁看着陈磊脸庞侧面的小辫子一翘一翘的，特别像"行走"的毽子。

苏洁低头笑着，就在她与陈磊前后脚进入餐厅时，肖雯的目光盯住她不放，眯着眼打听："怎么着，你俩都睡了？"

苏洁赶紧解释："没有没有，我们俩就躺了一会儿，分别躺的。"

肖雯哈哈大笑，苏洁才知上当，两人打闹了一会儿。

陈磊已经在翻菜单开始点菜，他什么都没听到。

室内陈设古朴，床头上方有幅山水画，四脚柜上摆着木雕，室内空间大而宽阔。晚饭后，苏洁回房间仔细查看了周边环境，临窗见水，又是另一重惊喜。船上摇橹的人就在窗下掠过，亮出一副好嗓子，跟流水一样绵柔，苏洁一句也没听懂，却被曲调给带了进去，感觉浑身轻柔。

因换了地方，直到半夜苏洁都睡不踏实，睡眠那根线在苏洁心中像被提着，进进出出，把苏洁折腾得要命。一声喊叫打破了夜的深沉，苏洁竖着耳朵静听，声音的腔调由痛苦变为呻吟，接着变为快乐。在黑暗中，苏洁都能感觉到自己的脸颊滚烫，苏洁把被子盖过头顶，那声音还是一波波传来。

渣男，才出来多久就在外面乱搞，苏洁心想。苏洁记得陈磊住在自己隔壁，这声音如此清晰地从隔壁传出。一路上还表现得那么不近女色，原来都是装的。呸！什么玩意儿！苏洁在心里暗暗咒骂。

墙壁的另一面又响起"咚咚咚"的声音。见鬼了，今晚是怎么了？苏洁惊得在床上不敢动弹，她缓缓地拉开被子，浪声像是低沉下去了，敲墙的声音大了起来。苏洁屏住呼吸，凝神细听，原来是鼓乐。"嘣嚓嚓，嘣嚓嚓，嘣嚓嘣嚓，嘣嚓嚓……"这鼓乐节奏分明，韵律强劲。一段鼓乐结束，周围似乎安静下来了，苏洁心里的一根弦松下来了。

不一会儿，浪声又不甘示弱，重新响了起来。天哪，还没完没了了，苏洁心想。苏洁再次绷紧神经，等着看好戏。这次的鼓乐好像又加了陶瓷相碰的清脆声。这还是苏洁第一次感受人家在这种时候还有音乐相伴。就在浪声要冲击顶峰时，这边突然一声轰响，是什么东西从高处摔下的声音，"啪"的一声盖过了所有的声音。两三秒后，这边传出一句恶狠狠的骂人话，接着是开门、关门的声音，最终是一双高跟鞋"哒哒哒"下楼的声音。

苏洁在心里暗笑：该！违反公序良俗，人民是会惩罚你的！苏洁很想感谢这个好心人，却不好意思开口。

一早，苏洁挑了件旗袍穿着。出门时她特意看了看隔壁房间。一间门关着，另一间服务员正在打扫，碎瓷片"哗啦啦"地被扫进垃圾桶里。苏洁往房里张望，就在此刻，卫生间的门开了，陈磊出来了。苏洁还来不及收回脖子，就又张大了嘴巴。两个人互相看了对方一眼，彼此又心知肚明，俩人同时爆发出大笑声。服务员打扫完房间从她俩中间走过时看了她俩一眼，小声说了句"神经病"，她俩听了不但没生气，反而又是一阵笑，笑声都快止不住了。

晚上，肖雯一个人在周庄转悠，河水潺潺，灯火璀璨。路过一家皮具店时，肖雯停了下来。她第一眼看上的不是皮包，而是老板娘。这位老板娘长发蜷曲如波浪披挂，嘴角带笑，眼梢尽是风情。多好的一位模特啊，就她了，要的就是这感觉，肖雯心想。

肖雯装模作样地挑选皮包，这些皮包摸着都是真皮的，皮包上的刺绣都是手工绣的，老板娘坐在柜台里正绣着呢。

"这个可以便宜点吗？"肖雯开始找话了。每个皮包上都贴着标价。

老板娘指了指门店中央的字牌后低着头继续绣。"概不议价"几个字很显眼，肖雯尴尬地笑了笑。

肖雯又转了转，始终在几个男式皮包的选择上拿不定主意。这时老板娘走过来，拿出一个全牛皮的手包，简洁大方，背面还有一个放卡的地方，真是别致。

"您能做我的模特吗？"老板娘面对肖雯这么一句无厘头的话，先是一愣，继而摇了摇头。老板娘和她先生晚上设计包的款式，白天看店，先生负责裁剪，老板娘负责制作。配合默契的两人，已经相伴走过十年的时光了。

肖雯特别注意到老板娘的先生看着老板娘时的眼光，眼里都是星星，时间在这里是静谧的，像放了柠檬的白开水，清新酸甜，别有滋味。

肖雯离开店铺后突然想孙元了，特别想见到孙元，想得不行。肖雯沿着河道的小径走着，拨了孙元的电话，结果占线。算了，回去再说吧，肖雯心想。他们之间太熟了，以至于肖雯几天不在家时孙元依然把家里收拾得干净利索。

来苏州的前一天晚上，他们温存后，孙元问肖雯家里还有多少钱，肖雯把手机给他："你自己查去。"孙元说："我一哥们，需要用钱，五分利，一个星期。"肖雯说："拿去，一个星期后将本钱给我，利息你拿去，我不要。"孙元听了，又一个压身上来。孙元就是这样，一高兴就这样。

以前孙元也向肖雯借过钱，事后孙元还给肖雯买了一条金项链，肖雯嫌土气，从未戴过，一直锁在抽屉里。孙元办事，肖雯放心。

回去就和孙元结婚，肖雯心里暗暗地想。

三

两天的活儿全压缩在一天干完了，效率奇高。

陈磊进了房间，脱了鞋，刚想把自己扔床上，回头一看，一群人全进来了，有肖雯、苏洁、摄像师。

陈磊心里一烦，脸上就显出不高兴了。他不知道肖雯召集大家开会，是想讨论片子的问题。

"咱们看看今天拍的，进度是不错，但肯定还有不足之处，大家一起看看，有问题及时提出来，明天好补拍啊。"肖雯指挥摄像师拿出电脑来。

"不用了。"陈磊有些不耐烦，"晚上我自己弄，人多反而碍事。"

"啊，那好吧。"肖雯还真怕陈磊会不高兴撂摊子，她不好再找人。

"早点休息吧。"陈磊急着要关门。

"那行吧，明天再说。"三个人想往外走，摄像师先出了门。肖雯把苏洁堵在门口，用眼神交代她任务。

"你在这儿看看，有什么需要的，你帮忙。"

苏洁刚要张口，肖雯就把门带上了。

陈磊看苏洁还在门口，问道："还有事儿？"

"没事。"苏洁站在门口，神情极不自然，"我给你冲杯咖啡吧。"陈磊说，给苏洁冲完咖啡，陈磊又接着忙活开了。

陈磊打开电脑里的照片，分类整理，并加以修整。

苏洁打开柜门找烧水壶，水烧开后用热水烫了下杯子："三十秒就能把细菌杀死，这样就可以安心喝啦！"

"过来一起吧。"陈磊笑了，苏洁也给自己冲了一杯咖啡。

肖雯发现，陈磊和苏洁配合得当，两个人几乎没有任何交流，但是工作起来却很默契。陈磊需要什么工具，在一旁的苏洁明明是在帮模特整理衣服，却一眼看到工具，顺手就拿给陈磊了。陈磊什么都没说，很自然地接过去。嗨，这两人！肖雯心中感叹。

中间还有一个插曲，让肖雯目瞪口呆。陈磊在拍中国风系列摄影时，一女模坐在雕花大床上，一男模掀开女模的盖头，那一瞬间的镜头捕捉，要求女模要表现出娇羞的神态，但这女模特总是笑场，把陈磊气得要命。

"你来。"陈磊牵过苏洁的手，让她坐在床沿上，把红盖头盖在她头上，"就这样，慢慢地掀起来，慢慢地看着她……"陈磊就这么看着苏洁，苏洁的眼神迎着他，最后陈磊定格在这样的画面中好一会儿才醒过神来。

"嗯。"陈磊清清嗓子，对着男模说，"就这样，知道了吗？"

苏洁站在陈磊的背后悄悄脸红了。那小辫子好像也不是那么突兀了。

"你一直就学的是这个专业？"苏洁一边看陈磊作图，一边没话找话。

"嗯，我以前学土木工程，设计的课程倒是给了我很多灵感。"

"构图很重要，里面填充什么就是后期的事了。"陈磊继续讲述。

"呀，够专业的。"苏洁突然有些崇拜道。

"也不算专业，就是个兴趣爱好。"陈磊有些不好意思。

"你还喜欢什么？你喜欢看哪部电影？"苏洁倒是来了兴致。

两个人发现彼此间有好多共同点，比如都喜欢史蒂文、斯皮尔伯格、宫崎骏，都喜欢爬山，都喜欢看书。

陈磊一下翻到下午拍到的那张照片。夕阳的余韵把光线分解成条状，如毛茸茸的丝线般洒在苏洁的脸上，苏洁面颊红润，双唇紧闭，眼帘低垂，扇子状的睫毛更显出眼线的修长，特别是那一对梨涡，漾着浅浅的笑意。一种冒泡般的感觉从陈磊心底翻涌开来。

苏洁红着脸道："你也不说一声，我也好换件漂亮的衣服。"

"就这样，挺自然的。"陈磊端起咖啡喝了一口。

苏洁赶紧也喝了一口，"哇"的一声，苏洁一下子喝得太多了，烫了舌头，硬生生又给咽下去了。

陈磊看在眼里有些想笑，又极力克制。

苏洁想回去了，又怕没完成任务不好交代，后面两人就不说话了，陈磊专心作图，苏洁仔细监工。将近夜里一点，陈磊送走了苏洁，倒头便睡。苏洁倒是记不得自己是什么时候睡着的。

四

拍摄完成后，肖雯一刻也等不了了，她先回了。

一路上打不通孙元的电话，肖雯想：你等着吧，看我回去怎么收拾你。

她把买给孙元的皮包放在背后，她要一本正经地训完孙元，再给他一个甜枣。这就是肖雯对付男人的手腕。

这几天，她一直想着孙元，这种感觉从未如此强烈过。肖雯想着回去后如何暗示他、如何求婚、如何拍婚纱照，想着把他们两个人的照片一起放在大堂里，那是再合适不过的事了。什么她都想好了，唯一没想过的就是孙元不见了。她是生活在一条奔涌向前的河流里，当她游不动时，孙元就是推动她的一波浪。

肖雯推开门的一瞬，没有她想象中的拥抱。肖雯打开冰箱，发现里面的菜都馊了，发出阵阵酸臭味。肖雯心想怎么回事？"孙元，孙元……"肖雯把每个房间都检查了一遍，就连可以放大布娃娃的橱柜都看过了，可哪里有孙元的影子。

十年前的记忆又涌了上来，父亲也是这样人间"蒸发"的。母亲在家发疯似的闹，把能砸的都砸碎了，后来实在累了，就抱着肖雯哭。肖雯冷静地看着母亲，说了一句："他死了才好。"

此刻，她重复着这句话："他死了才好。"说完，含在眼睛里的眼泪就止不住地流下来了。

五

摄像师和模特结伴去逛商场了，肖雯故意把苏洁和陈磊丢下，苏洁和陈磊便一起在古镇散起步来。

陈磊在前，苏洁在后。他俩像走在暴雨冲刷下的河流中，经常被人群冲散。苏洁迷路时，就会在前方某座桥上发现陈磊的身影，这时她就会在心里暗暗地吐口气。

苏洁从以青砖铺就的小径上赶来，有些气喘。陈磊指着前方，说："过去看看。"

原来是画家在现场画画。陈磊让苏洁坐下来，苏洁就去坐。陈磊让苏洁双手交叉置于膝盖上，苏洁也照做。陈磊看着画家的手笔指挥起来。

"不对，这边是要这样画的。"

"不、不、不，她最漂亮的地方是眼睛，你怎么画成这样了？"

也许是从未见过这么挑剔的客人，画家已经忍到了极点。

"要不，你来。"

"这……不好吧。"

"我以为是专业的呢，不会画，你嚷什么？"

"我来就我来。"

陈磊拿起画笔就开始画。也不知道陈磊到底会不会画，还是被画家故意刺激去画，苏洁看着他一会儿皱眉，一会儿沉思，侧笔画的时候，看着像那么点样子，接着陈磊又用手指抹了抹画迹，又半蹲下，探出半个脑袋来。

"快好了。"陈磊沉浸到自己的世界去了。

苏洁依然坐着，没得到陈磊的指示，她也不知道能不能起来，就一直那么坐着，也不知道陈磊画成什么样了。

站在一旁的画家也凑上来，原本气鼓鼓的脸突然舒展开来，看了看苏洁，又看了看画。

"嗨，同行啊。"

陈磊打开夹子，拿着画又端详了一次，觉得不满意，又画了两笔。苏洁走来，陈磊却把画藏起来不给她看。苏洁急了，抢了一阵，奈何陈磊太高，够不着。

"要不我请你吃饭吧，你把画卖给我好了。"苏洁恳求。

"好吧，天色将晚，给你个机会请我吃'万三蹄'。"

他们找到一家酒馆，坐在靠窗临河的位置。璀璨的灯光亮起，河面泛起一层水光，让苏洁突然想吃鱼了。苏洁拉着陈磊一起看了玻璃容器里盛放的活鱼，走了一圈，一种小黑鱼引起了他俩的注意，这小黑鱼小巧玲珑、活泼好动，肉质铁定鲜美。就它了，他俩第一次达成共识。

"现在可以把画给我看了吧。"苏洁都已迫不及待了。

陈磊把画展给她看，苏洁差点没笑晕过去。

苏洁腹部颤抖半天，脸颊肌肉僵硬，太阳穴跳突不止，都有些支持不住了，欲从椅子上滑落下去。陈磊就那么看着她笑，不动声色。

苏洁稳定住情绪再次看了画后，才正襟危坐起来。

原来画中丝毫没有苏洁的影子。陈磊是画了一幅小桥流水图。整个构图精美，层次分明。这个陈磊，害得她坐在板凳上都没敢动，结果却是单纯画了幅风景画。

"我就是想让你坐着歇会儿。"陈磊一本正经说道。

苏洁听到这话，眼睛一亮，心里美滋滋的。

店小二穿着古装，吆喝声从楼下传上来，特有喜感。只见小二胳膊弯里挂着一条毛巾，右手端着"万三蹄"："客官，吃了'万三蹄'，保你今年一路提""客官，富贵鱼，保你一生大富大贵"……这口才，报个菜名都可以去上"脱口秀"了。高手在民间啊！

两个人也许是走得累了或是笑得饿了，只顾埋头吃饭，不说话。

吃完饭，两个人争着付钱。虽说这画里没有她，但是苏洁说是她提议吃的饭，就该她付钱，陈磊觉得让一女的付钱，不仗义。

两人下了楼，老板娘拿来账单，头也不抬："一千二。"语气完全没有之前招呼时的热情。

"吃了什么？"两人低头看账单。

"万三蹄，159，富贵鱼，696，狮子头，160……"不对，这富贵鱼，就是几条像金鱼似的小黑鱼嘛，怎么这么贵？

老板娘一看这情形，处理得游刃有余："我们这店，是百年老店。明码标价，从不欺瞒顾客。"说罢带着他们来到先前点菜的水产区："你看，这鱼是不是五十八元一条。"

苏洁上前走了几步，跨上台阶凑近一看，"58"这个数字后面写的是"条"，蚂蚁大小的"条"字。

可怜的陈磊和苏洁，他们早已被平和体面的生活宠坏，面对突如其来脱离轨道的意外毫无防备，两双眼睛对视一番，面面相觑。

苏洁张着嘴巴朝着鱼又看了一眼，回头对着陈磊说："啊？"

陈磊明白她的意思："嗯，就这样吧。"

苏洁再次掏出手机准备扫码。

陈磊在一旁挡住她的手机屏幕，拿出自己的手机快速点击，付款成功。

苏洁和陈磊走出店家，苏洁说："这相当于抢劫。"

陈磊说："在外面，不管遇到什么事，只要是钱能解决的事，都不是大事。"

陈磊像是安慰她一样，拉过她的手："走吧，咱们回去吧。"

苏洁所有的气愤都化解在这手掌中，她把手给了陈磊。这轻轻的一握，像是迟到了很久，苏洁握住就没有松开，就算对面遇到人流，也没再把他们冲散。回去的路顺畅多了。

两个人牵着手，心都跳得厉害，从指尖传递出的紧张感，被渗出的汗水裹挟着。陈磊换了一只手，擦了擦汗。

苏洁暗笑：莫非从未谈过恋爱？

陈磊越攥越紧，苏洁的手都有些疼了。苏洁想让他走慢点，又不好意思开口，怕揭穿他迫不及待的心情。

回到酒店，四只脚"咯吱咯吱"地一起上楼，陈磊把手放在背后，苏洁被他牵引着一路来到陈磊的房间门口，陈磊又换了一只手，找房卡。

门打不开。他们从中午一直闲逛到晚上，房卡续租需要解锁。

陈磊看着苏洁："稍等我一下，马上就来。"

苏洁点头："我知道，我知道。"

两人都惊讶于彼此之间竟如此默契，不需要说话，却都明白对方的想法。

陈磊急促地再次上楼，开门。多年后，苏洁都能想起在当时的一番"干柴烈火"之际，自己问了一句脑子进水的话："你有女朋友吗？"

六

以前也会这样。

肖雯的脾气不好，孙元都让着她。

"没办法，谁让你是女人呢！"

再后来，已经不需要孙元再说什么。

肖雯会说："跟一女人计较，你还是个男人吗？"

孙元的家在农村，家里还有一个哥哥，在读研究生时就与嫂子同居了。为了能在大城市扎根，嫂子怀了孩子也没要，就希望能凑个首付。没办法，家里每年卖出的稻麦只够兄弟俩的学费，好在孙元懂事，为了早点工作赚钱，考上了研究生都没去念。

一次同学聚会，孙元遇到了自己的小学同学。听说他在省城买了两套房，一问才知道，这哥们儿初中就辍学了，就在家玩儿股票。二〇〇八年股市大好，那年他一下赚了三百万。这不，两套房都是当时用首付买下的。同学们看他这么有钱有闲有经验，都直接把钱转给他，让他代炒。

孙元一想，如果自己也能这么赚来首付，就可以和肖雯结婚啦。这事还不能提前告诉她，要给她个惊喜。

结果，惊喜没有，只有惊吓。

孙元投进去的钱，就像沉入水底的小石块。孙元眼睁睁看着小石块荡起的涟漪慢慢变弱、变小直至变无。孙元不要说见到骨头了，就连汤水都没得喝。

孙元去找那小学同学，得知那哥们儿前天晚上一口气吞了三瓶安眠药，从此长眠了。

孙元不敢见肖雯，心想不如一走了之。之后孙元连电话都换了。

七

"最近，你是不是有事？"肖雯看出点苗头。

"嗯？什么事？"苏洁负隅顽抗，一直装傻。

"怎样啦？"肖雯直截了当地问道。

"不怎样。"苏洁知道肖雯说的是谁。

"那你就主动点，人家说了，'女追男，隔层纱'，捅破就行啦。"

"他有女朋友。"苏洁有些生气。

"啥？怎么可能？"肖雯有些惊奇。

想了半天，肖雯问："是不是另一个相机的事？"

有一次，肖雯在陈磊的工作室看见了另一个相机，放在摆台上。肖雯很好奇，想打开试试，却被陈磊及时制止："这个不能碰。"

"原来是陈磊的女朋友，不，应该是前女友留在他那儿的。以我个人的经验来看，这个前女友就是个心机女，出国了也不放过他，还把他当备胎。她跟陈磊说等她四年，四年后回来取相机。"

"陈磊这个二百五，还真的等她呢。除了过节给条微信，其他时候哪里还有什么联系？"

苏洁听到这儿，更加生气，自己连个照相机都不如。他每天看着照相机，给自己一条微信或者一个电话都没有，这难道还不够明显吗？就是瞧不上自己呗。她想想自己当初对他的热情与善解人意，不都是一种送上门的感觉吗？突然间，她不仅痛恨陈磊，更加痛恨自己。"矜持"这个词怎么在她身上就不见了呢？苏洁一方面出于懊恼，另一方面也庆幸那晚的摔门离去。

苏洁有自己的底线，小三绝对不当，甚至痛恨这样的词。从小她就喜欢玩儿"举高高"的游戏，总是缠着父亲把她举起来，但母亲却一直禁止苏洁玩儿这个游戏。母亲要把她培养成一个完美的人，要求她吃饭不许吧唧嘴，走路要走成一字线，连睡觉都要有固定姿势。有一回苏洁见到了母亲的同事，那人刚下课，就急匆匆地回办公室处理班级的事务，当时苏洁嘴巴一懒，没有叫人，母亲也没有说什么，可晚上回去后，母亲罚苏洁站了一个小时的墙角。

苏洁过十岁生日那年，她许的愿望是让父亲给她"举高高"。她表演完一支舞蹈后，只看见父亲离场的背影。她那时就有个预感，自己与父亲之间，再也玩儿不了这个游戏了。

苏洁二十岁那年，她拿到了大学录取通知书，母亲先是笑，感觉快要笑得抽气了，又是哭。来来回回，哭哭笑笑，把苏洁吓得够呛。再后来，她听到母亲打了电话给父亲，说是给他们老苏家已完成了使命，以后再无瓜葛。

苏洁看着母亲这些年的生活，一开始痛恨母亲，有时甚至怀疑自己到底是不是她亲生的，慢慢长大后，才理解母亲的不易，如果不是另一个女人的出现，她也不至于过成这样。

母亲有过选择的机会，当她知道有另一个女人的存在时，已经怀上了苏洁。就在她犹豫着要不要打掉这个小生命时，这个小东西像条小鱼一样在自己的子宫里吐泡泡。那一下一下的"噗噗"声，水泡一样的气体，泡化了母亲那一刻的心。不管怎样，也要把这小生命给生下来。

上大学前的那个晚上，母亲只给她交代了两件事："一、女孩子不要主动；二、不要做小三。"看着苏洁郑重其事地点头，母亲这才放了心。

其实，那时肖雯已找到了孙元，孙元在一个菜市场给人扛大包。活该，就要让你受受罪，肖雯心想。肖雯隔三岔五地偷偷去看过孙元，打算等孙元干完这个月再去把他接回来。肖雯的算盘打得挺好，心想孙元经过了这次磨难，今后可不得好好珍惜她。

以前，苏洁劝过肖雯，不要对孙元太苛刻。

肖雯不服气，说没有经过考验的感情，不牢固。

孙元的事，肖雯迟迟不愿告诉苏洁。她要重整旗鼓，就要向朋友借钱。幸好肖雯平时积攒下了许多人脉，借钱的事没费多少劲，开张的事按期举行。

八

苏洁取消了所有的社交活动，每天下班后按时回家。两个星期过去了，陈磊没给过苏洁一句消息。苏洁不死心，照着镜子，心想，自己从上到下从里到外，哪点就不如那没有生命的照相机了？苏洁决定等下去，但她不确定自己到底在等什么，是在等陈磊，还是在等这件事过去？

第十六天晚上九点，她枯坐在家。一个快递包裹被送上门，苏洁打开一看是一本日记。

苏洁已迫不及待，看着这些密密麻麻的字，心底有一股浅浅的暖流流过。只见日记上写着：

2020年8月12日：苏，请允许我这么称呼你。你相信一见钟情吗？见到你的那一刻，我是相信了。我也说不出来具体喜欢你的什么，可能就是一种感觉吧。这种感觉我从未体验过，也不知道如何去表达。可能我是个不善言辞的人，表现出来的情况跟我的内心有出入。

2020年8月13日：苏，我不知道如何跟你解释那晚的事。你突然那么问我有没有女朋友，我确实不知道如何回答，所以就愣在一边。我不想为自己找借口，我确实也是有女朋友的。在没有见到你之前，我是要等她回来的。虽然这三年多里，我和她之间没有什么联系，但是我相信她也在等我。我与她之间的关系说是情侣，但更像哥们，我们无话不谈。送她走的那天晚上，我们竟然一夜未眠，谈了一夜的话。她只让我答应她一件事，等她回来。第二天，在我睡着的时候，她留下字条，自己一个人走了。

2020年8月14日：我一个人累了、烦了，就想背着包出去走一走，散散心，拍一些自己喜爱的照片。其实我是一个人感觉孤独了，真的想找一个人陪一陪自己，可是一想到那个承诺，我就对自己说，你是个男人，要信守诺言。

苏洁想知道他最后的决定是什么，连翻了好几页，想找到一些关键词。

2020年8月18日：苏，我今天工作了一整天，都忘记吃东西了，可是晚上躺下后，脑子里还是不由得想你，我不知道如何去面对你，我知道你肯定在生气，可我没有勇气给你打电话，我不知道该怎么跟你解释这件事。

2020年8月23日：苏，这些天我重新审视了自己。我想我是爱上你了。我在心里挪了一大块位置给你，当然，还有一小块位置是给她的。希望你不要介意，这么多年了，忘记一个人也不是一件容易的事。

2020年8月26日：苏，我现在在你家楼下，看着你家的灯亮着，知道你在家。我真怕你把我忘了。我真想变成你头顶上的一盏灯，陪着你、拥抱你。我想象过，如果你此刻下楼，我会不顾一切抱住你，以解我的相思之苦。

2020年8月28日：苏，我不知道收到我这些天的日记，你会怎么想。如果你接受我，就开门，我在楼下等你。

待苏洁看完这些日记，已经过了一个小时了。

苏洁都没来得及换鞋，就往楼下跑。"咚咚咚"，心跳得厉害。

哪里有人啊，苏洁心想。找了一圈，苏洁都没看到人。

她恼自己看得太慢，都没注意外面已经下了一场雨，陈磊也许已等不及走掉了。

苏洁回到家时已浑身散架，她又坐回到沙发上，蜷缩着身子把自己抱住。

手机铃声响起，苏洁只听见电话那头有粗重的呼吸声，混杂着"噼里啪啦"的雨声与电梯的启动声。两个人心照不宣，都不说话，生怕打破这意境。苏洁听到了敲门声，心想：

该来的还是来了。

她毫不犹豫地开门，像迎接一位迷路的骑士。陈磊那混杂着雨水的吻与身上滚烫的热情，让苏洁恍如置身于一条湍急的河，慢慢地在河里沉溺，一开始她还有所挣扎，后来是她自愿放弃，她宁愿在这条河里沉溺一辈子，不再醒来。

九

肖雯面色苍白，披头散发，像个女鬼。

苏洁把她从医院接回来，让她住在自己家了，怕她再想不开。

肖雯像个机器人，有个机械臂，每天都翻开孙元的朋友圈看一看，孙元的电话已经是空号了。肖雯躺着的时候，就盯着天花板看。苏洁问她想吃什么，她只会摇头和点头，什么都说不了，晚上睡觉也不脱衣服，就那么把被子叠成蚕蛹似的自己慢慢地钻进去。偶尔苏洁和她说话，她盯着苏洁看了半天，像看个陌生人，有时还会笑一声。

苏洁没遇到过这种情况，以为肖雯是个没心没肺的人，原来她内心的一切都给藏起来了。

晚饭时，苏洁做了煎饺、百合粥，逼着肖雯吃了一点。

苏洁在厨房洗碗，突然手机响动，铃声大震。肖雯在里面询问："是孙元的吗？"这些天里，只要是有电话，她都只问这一句"孙元，是孙元吗？"好像这个世界上只有这么一个男人了。

苏洁有些生气地开了门，是陈磊。

陈磊想把牛奶和水果放进厨房，苏洁顺手接过去了。

陈磊又从包里拿出一瓶药，标签都换成"维生素"。这是和苏洁事先商量好准备的，用于抑制忧郁症。

"好点了吗？"

"没有，还是一副半死不活的样子。"

"我看看。"陈磊进屋。

肖雯一惊，坐起来了。她怕光怕声。什么东西响动了，她就心里一揪。那天苏洁摔了一只碗，一下子惊动了她。她坐在床上捂着脑袋喊了半天，把苏洁吓得不轻。

陈磊先打开灯，和肖雯对上眼神后才往屋里走。陈磊走到床边后坐下，摸了摸肖雯的头，只说了一句："傻丫头。"

肖雯突然感到心里的一块柔软之地被击中。肖雯像只受了委屈的猫，张口舔舐伤口。

"我妈始终都没放下我爸。你知道吗？"

"我知道，我知道。"陈磊说。

"我爸拿出离婚协议的时候，我妈二话没说就签字了，一切做得干净利落潇洒无比，可是只有我知道，在夜深人静的夜晚，我妈哭了有多少次。在我们家，是绝对看不到我爸的一点影子的。有一次，我打开橱柜里的铁盒，里面有我爸和我妈的一张合影，我妈笑得嫣然如桃花。我拿着照片问我妈，能不能再像这样笑一次。我妈二话没说，给了我一个大嘴巴子。那种火辣辣的痛感，至今刻骨铭心。"说着，肖雯捂着自己的脸颊，好像那巴掌打在脸颊的时刻现在还在。

"后来呢？"

"后来在我家里，我爸的名字都是一个众人避讳的话题，没人敢提他。"

"那你爸也不是车祸去世的吧？"陈磊家和她家挨得很近，但是这些情况陈磊从未听说过。

"当然，我们全家众口一致说他死了，也是为了安慰我妈。其实他只不过是离开了这个城市而已。"

"可是有时候，我妈看见我还是很生气，原因是我跟我爸很像，这个也不是我的错，可是我妈就是看我不顺眼，有时还说一辈子是被我耽误了，有时又搂着我说幸亏还有我。我都被她搞糊涂了。"

"后来呢？"

"后来你都知道了，我妈生病了。谁也没想到，她最后的愿望竟是要求见我爸一面。"

"可是那么多年都没有联系，我上哪里去找啊！"说着，肖雯为自己的无能为力感到悲伤。

"这不怪你，你不要自责。"陈磊安慰她。

"我曾经听人说我爸在深圳。我站在深圳的街头，满眼都是晃眼的人，花花绿绿的，但没有一个人是我认识的。后来我想通了，就算他现在站在我的面前，我也不认识他啊！"

"没事的，都过去了，这不是你的错。"陈磊拿着纸巾擦着她的眼泪。

苏洁站在门口，眼泪也掉下来了。

陈磊等肖雯睡着了，才走出屋带上了门，跟站在门口的苏洁说："报警吧。"

苏洁摆手。

"她不让。"

"都这时候了，还听她的？"陈磊很认真。

苏洁一惊，定了定神。她觉得陈磊今晚不一样了。

"行吧。"苏洁说，"我来打。"

等陈磊走了好长时间，苏洁才想起来一件事，陈磊剪头发了。

十

自从陈磊上次来了之后，苏洁不能听见敲门声。当有快递员、外卖小哥、物管人员来过，苏洁脸上有明显的失落，嘴巴都噘起了。她不甘心，心想：怎么连一个电话都没有？

就这么完事了？苏洁恼自己，也许人家压根没把自己当回事，自己怎么还上赶着想他呢？

在火山喷发之刻，不管你往上面塞什么妄图堵住喷势，都是徒劳的。那是一种由内部喷发而出的熔浆，经遇空气中的氧气后充分反应，自然变成岩浆。苏洁想再怎么也要让这份情感暴露在空气中，见见天日，才知道最终究竟会变成岩浆还是又落回海里，否则，她不甘心。

周末，苏洁早早给肖雯做好了饭就出门了。在早市她特意多买了一些菜，开着车往陈磊的工作室驶去。

苏洁在车里坐了好一会儿，理了理衣服，又照了照镜子，看到自己今天的淡妆还不错，衣服也是她自己喜爱的粉色，衬得她皮肤发亮，心想没啥大问题。

苏洁拿出手机，翻开陈磊的微信："在吗"，她打了两个字，又删掉。

又打："你好吗"，又删掉，来来回回，苏洁都有些乱了。

乱的原因是苏洁突然想起母亲的话："女孩子啊，不能太主动。主动的女孩子是要掉价的。你看看街上卖的大白菜，给钱就能卖的，那还是什么好菜吗？"

苏洁在车里犹豫了好一会儿，终于还是鼓起勇气，打开车门，直接驶向陈磊的工作室。她已经把母亲的话抛于脑后十八里了。

苏洁想着门一开，就上前给他个餐前吻，先让他懵了再说。想到这儿，苏洁的嘴角上扬，乐不可支了。

门一下子"吱呀"地开了，苏洁还没敲呢。

一位肌肤白皙的短发女子，拿着垃圾穿着睡衣准备出门。两人都愣了一下，女子看着苏洁，又看看她手里的东西。

"这么快！"女子的眼神透着亮光。

"啊？"苏洁看着她，没明白她的意思。

"放屋里吧。"苏洁照她说的去做了。

过了好长时间，苏洁才适应了屋内的昏暗。她把蔬菜、水果都放在地上，只见桌上散乱着器材，地上随意放着照片。

她就那么站着，从这些照片里，扒拉出一张。这张照片是一个女人的特写，那种笑容，似曾相识，对的，就是刚才那个女子。能拍下这样照片的人，与这女子一定不是一般关系。镜头拉近下的笑容，使这昏暗的环境都亮了起来，那闪着亮光的眼神，仿佛里面有星星。可以想象拍照片的人给照片上的人带来的欣喜。

她看见陈磊在床上睡着了，脸上还挂着笑。她真想冲到他面前去问一问到底怎么啦，其实不用问也知道是怎么回事。苏洁浑身颤抖，心里一股海浪袭来，她感觉心里潮湿一片，眼泪快要止不住了。她暗暗说服自己：不能这样，一个女人若连最后的尊严都保不住了，那就什么都没了。

"你怎么还没走啊？"女子扔完垃圾回来问道。

"马……马上……马上就走。"苏洁像一个逃离现场的案犯，灰溜溜地走了。

十一

"我知道他有人了。"肖雯说这话时，鼻子抽泣着，眼睛泛红。

"怎么会？"苏洁不相信孙元这么快就移情了。

"我那天看见他看她的眼神，就知道他心里没有我了。"肖雯说。

肖雯躺在床上，她现在已经不想去死了。这么多天，她已经把事情想了太多遍，她像走迷宫一样，把自己设想成孙元，完成一次次闯关。有时候思路卡壳，她就会停下来问苏洁："为什么他会看上一个卖菜的？"

"也许是因你知道他全部的底牌。"苏洁帮着分析。

"我可以接受他的全部呀！"肖雯百思不得其解。

"也许他不愿意呢，什么都掌控在别人手里。"苏洁设身处地地想。

"爱一个人，不就是什么都为他想吗？"肖雯不服。

"他又不是个孩子。该放手时就要放手。"苏洁深有体会道。

"现在你的决定是什么？"警察问。

"最坏的结果是什么？"肖雯想知道底线。

"这要看你的决定了。"警察说。

"……"肖雯看了看孙元。

看见孙元的那一刻，所有的设想都化为虚无。孙元低着头，不敢直视肖雯的眼睛。肖雯径直走到孙元面前。

"你的决定是什么？"肖雯逼视着他。

"我是个男人，连内裤的颜色都不能选择。"

"可是我问过你啊，你说也喜欢的。"

"我要说不喜欢，你会高兴吗？"

"那你可以跟我说啊。为什么不说呢？"

"我试着跟你沟通过，可是你总是那句话。"

"我以为那是一句撒娇的话。"

"算了吧。"

"……"

肖雯一下子哽咽了，一句话都说不出来，眼泪顺着流下，像夏天涨水的小溪，顺势直驱而下。

肖雯一下子觉得世界都空了，她又有一种置身于广州街头的感觉——孤立、无援。虽已入秋，空气中依然藏着燥热的风息，她却感觉浑身泛起鸡皮疙瘩，那种寒意从心底一层一层往外涌。泪眼模糊，所有的人影在她眼前都成了一个白团，她摸索着椅子坐下。她一心一意地哭着，哭她的母亲，哭她再也不认识的父亲，哭她失去的钱，哭孙元那件花花绿绿的毛衣，哭自己再次成为孤儿。

"别哭了，这样对我们都好。"孙元第一次见到肖雯这样哭。

"……"肖雯抬眼看他，以不断涌泪的瞳孔看着，孙元已经变形。

"别哭了，回不去了。"孙元想拉她起来。

"你就不怕坐牢吗？"肖雯突然收住泪水，抹了抹脸上的眼泪。

"我宁愿坐牢，只要能换我自由。"孙元一旦享受到自由，就再也不想回去了。

此刻肖雯的心是在寒冬里了，像被冰霜冻过的刀子一遍一遍地剐过般生疼。她都快坚持不住了。两个人的世界，怎么说塌就塌了呢。

“我哪里不如她了？”肖雯终于还是忍不住问了出来。

“谁？”孙元表示不明白。

“虚伪！你就是说你爱上别人了，我也不会怪你的。”肖雯无不讽刺道。

“她崇拜我。”孙元也不想隐瞒。

“你会后悔的。”肖雯咬牙切齿。

“不会的。”孙元说。

“会的。”

“不会的。”

“会的。”

“不会的。”

“我怀孕了。”

“啊……”

十二

人与人之间的微妙就在于明明想得特别深，却还是可以照样平淡生活。苏洁就处于这样的状态，每天按时上下班，偶尔会有陈磊的影像在脑中一闪而过。有时她在想，如果陈磊跟她道歉，他会有哪些说辞自我辩解呢？经过一段时间的纠结，她想自己会在这个伤口上贴上创可贴，好好隐藏起来，不再撕开。再后来，这样的设想在一次次落空下，她也能从容地对待生活，就像是一只飞过花丛的蝴蝶，最初可能吸到的是一朵带着苦味的花蜜，之后在时间的过滤下，这些味道终将消散无余。

她以为他们就这样悄无声息地结束了，直到那天陈磊突然出现在苏洁家门口，一声不响地跟着她。

苏洁打开门，假装镇定，问他吃过了没。

陈磊什么都没有回答，一把从身后抱住她。苏洁从他呼吸的气味判定他喝酒了。

苏洁挣脱了他，换了鞋往厨房走去。

陈磊跟着她去厨房，眼神发直。

苏洁倒了杯蜂蜜水递给他。

陈磊没有接，苏洁的手在半空中举了半天。

苏洁在等，等陈磊的辩解。

陈磊一把抱过她，什么都没说。

他们维持着拥抱的姿势，时间缓慢得像个伤员拖着分秒在走。苏洁被勒得都有些喘不过气，可她很享受与陈磊这样的亲密接触。

苏洁有洁癖，从未与人同居过，包括相处三年以上的前男友。以前为这事两人还争执过，但苏洁就是不同意。

苏洁的前男友特别生气，经常拿这事说事："为什么我们就不能住一起？"

"身边有个人，我压抑。"

"有个人在家里，多好。"

"空气不流通。"

"你就不想天天见到我吗？"

"想啊，万一习惯了呢？"

"习惯不是更好吗？"

"万一哪天你不来了呢？"

苏洁怕牵手，更怕放手。小时候，爸妈还带她去过公园看老虎，一左一右牵着她的手。她就那样一蹦一跳地往前走，两个小辫子上下翻飞，就像两个被压弯的枝头，长满了幸福。后来另一只手就没有了。自从十周岁那年的生日会后，那个背影就一去不返，她再也没见过爸。因此以后出现的每一只手，她都不敢轻易去牵，她怕。

她不停地说服自己要醒过来，可她还是不由自主地往里陷。这样的拥抱太过温柔，她久违了那么多年。父亲的、母亲的、前男友的……所有人的加起来都不及这个拥抱给她带来的温暖。多年后，她再也没有这样的感受。她回想起来，那温暖恍如虚幻的梦，如此不真实。

"你知道的。"陈磊冒出一句话，把苏洁拉回现实。

嗯，我知道，我都知道。苏洁在心里对自己说。

"我没有欺骗你。"陈磊把苏洁搂得更紧些。

"嗯，我就知道，是这样的，苏洁也是一样。"

"你知道，摄影对我来说，就像生命。"陈磊的话有些偏离主题。

苏洁记起陈磊曾经跟她说过，镜头下的任何事物都是有故事的。比如，三轮车后面挂着雪碧瓶做成的水壶；一场雨后泥泞小路上一只被丢弃的鞋；热闹街头一位老妇抱着售卖的母鸡；落叶遍地的小径上的一件外套……苏洁知道陈磊的追求。

"我需要一个平台，不想一辈子窝在一间小小的工作室里。"陈磊越说苏洁越心慌。

"你要好好的。忘了我吧。"陈磊松开苏洁，转身离开。

直到门"啪"的一声关上了，苏洁手里的杯子却依然悬在半空。外面的灯火次第登场，整个城市的夜生活炫目到夺人心魄，苏洁只感觉眼睛里一团漆黑，耳朵里一片寂静。她的手依从惯性，端起杯子，把那杯带有甜味的苦水一饮而尽。

十三

苏母来的时候并没有事先通知苏洁。苏母一个大活人站在门口，倒是让苏洁惊吓不少。苏洁看到妈妈一路奔波却没有麻烦苏洁，就明白了这么多年来妈妈一个人的努力。她优雅如故不敢老去，一方面是为了苏洁，另一方面是为了自己。每周雷打不动的两次瑜伽、一次游泳，在他们那个小城，这样的女人并不多见。

苏母进屋半小时了，发现家里跟换套房子似的，里里外外被打扫如新。这么多天的雾霾仿佛已不见踪影。要不然怎么说一个人的气息会影响一个家呢。苏母来了，家里的每个角落都有她的味道，这让苏洁感到安心。

苏洁吃完晚饭，蜷缩在沙发上看电视。苏母洗完碗坐在她旁边，把苏洁的腿拉到自己怀里，拿指肚给她按摩。

"你小时候在外可调皮了，晚上总是睡不好，不是惊吓得叫起来，就是半夜翻到床下。"

"有这事吗？"

"可不是嘛，总是不能踏实睡觉。"

"我就是这么一下一下地给你按摩，按着按着，你就睡着了。"

几天前，苏洁给家里打电话。敏感的苏母总觉得这孩子有心事。从小到大，苏洁都是报喜不报忧，凡事都藏在心里呢。苏母从她不经意的叹息声中就明白了闺女遇着事儿了。

"妈，你是来接我回家的吗？"

"你想回吗？"

刚毕业那会儿，苏母总是不放心苏洁一个人在外面，想让她回家，说财政局的工作都提前给她找好了，但苏洁死活不肯回去。苏洁心想不在外面闯荡一番，这学不是白上了吗？这下好了，算是闯荡一回了。

苏洁想了想，说想回。

苏母一边揉着她的腿，一边抬眼看她。

"还记得你第一次数学考试得多少分吗？"

"肯定一百分呀！从小我就学习好。"

"四十分。"

"怎么可能？"

"怎么不可能？"

"那次你拿着试卷不敢回家，最后我还是在家后面的林子里找到你的。"

"还有这事？"

"那时我气得浑身发颤，可还是忍着。我跟你说的唯一一句就是'正视自己的问题，不要逃避'。"

"嗯。"

"后来，你的每一门科目，我都做了份错题集。"

"嗯。"

"孩子啊，人人都会犯错，只要是把这些错题一一改正了，就好了。"

"嗯。"

"没有过不去的坎儿，啊。"

"嗯，我明白。"

"从小我就想把你当筹码，对你严格要求。后来，我突然想通了，每个人都有自己的人生，不该被谁捆绑住。你是无辜的。后来我不再纠结与你爸的关系，我也就豁然开朗了。"

苏洁不吭声。

"每个人都有他自己的选择，咱不纠结。"

苏洁看着母亲，感叹真是母女连心啊，自己心里在想什么怎么她都知道啊！

"你要是明白了这个道理，把这坎儿迈过去了，以后你的路会越走越宽。如果你还是想回去，那我算是白养你了。"

苏洁不出声地哭，感觉自己眼睛发胀。

"好了，别哭了，早点休息。明儿还要上班呢！"

"可是我不高兴啊！"

"世上的事，怎么可能件件都令你高兴呢？"

苏洁撤走双腿，把头埋进苏母的怀里。

"以后会好的，我保证。"

苏妈像撸猫一样抚摸着苏洁的头。

十四

肖雯的婚纱店开业仪式与她的婚礼庆典同时举行，她要全城人见证她的幸福。

婚礼在露天广场举行。当音乐响起，新郎向新娘走去，新娘的脸上挂着笑容。这一天终于来了。

苏洁太了解肖雯了，一个橘子放在桌上烂掉了肖雯都想不起来去吃，但若一旦有人抢了，她就觉得美味无比。这就是竞争意识，放在做生意上没的说，但放在感情这事上，就得另说了。

在婚礼前一天肖雯最后的单身之夜，苏洁问肖雯："非结不可吗？"

肖雯说："为什么不？"

"之前我觉得你们特别合适，但现在我不觉得。"苏洁实话实说。

"什么叫'婚姻'，就是两个人在一条小船上，几天几夜没有水喝，都见识了对方最丑陋的模样，却还能接受对方。这就是婚姻的本质。"肖雯说。

"这么说吧，'拍黄瓜'吃过吧？"肖雯反问。

"嗯。"苏洁说。

"如果没有那个蒜，'拍黄瓜'这道菜始终不是那个味。"肖雯的比喻真新奇。

"哈哈哈，原来孙元是个大头蒜。"苏洁明白了。

"我尝过失去他的滋味，真的不能忍受。"肖雯说。

"这个呢？"苏洁指了指肖雯的肚子。

"嘻嘻，就知道逃不过你的眼睛。"肖雯摊开手掌。

"怎么办呢？"苏洁无不担忧。

"面包会有的。"肖雯一副无所谓的样子。

陈磊和短发女孩去了巴黎，女孩也是不遗余力地给他搞了个小型摄影展，也确实够小的，就是在一间屋子里。女孩找了些朋友来看，展览维持了不到一个星期，那些照片就都撤了。

陈磊悲伤地发现，自己原来什么都不是，一溜烟就没了。在一个深夜，他站在阳台上，突然打了个喷嚏，他使劲嗅了嗅，终于明白，自己已处于另一个不熟悉的空间，一切都失控了。他看着眼前璀璨的灯光，却仿佛置身于孤岛，一时情不自禁、百感交集。

孙元给肖雯戴上戒指，司仪问他："你愿意吗？"

苏洁看出了肖雯的紧张，在笑容的背后隐藏着一丝尴尬。

司仪马上调节气氛："看来，新郎已经激动得说不出话了。"

过了很长一段时间，孙元接过话筒，人人都听到一声叹息，仿佛孙元是把自己的命运交出去一样："愿意。"

肖雯跳着跑过去，抱住孙元，台上一片欢呼。

苏洁想：如果台上站着的是陈磊，他会愿意吗？嘈杂声中，苏洁听到手机在响。

“你在干什么？”电话那头竟然是陈磊的声音，她有种时空交错之感。

“刚才还在想你。”苏洁一下子没忍住，“如果我们结婚，你愿意吗？”

“别怪我啊。”陈磊的心似被踩蹦过般难过，“别怪我了。”

苏洁说不出话来，在一片喧闹声中，努力寻着电话那头的声音，生怕错过一丝呼吸声。她找了个对着墙的僻静处，眼泪顿时就泄洪了，泪点子像大颗石榴籽般砸向地面，哭得她心脏疼。

“忘了，忘了，啊！”陈磊也快忍不住了，他正努力想说出那句“我爱你”，话音却被喉咙处的结节哽住了。

陈磊挂了电话。

苏洁整个身心在毒辣的阳光底下冻出了冰渣子，尖锐、锋利！

肖雯的公司如期开业，生意红火得让她不能得闲。这天下午，突然而至的雨“淅沥沥”好一阵地下，像突然流淌下来的牛奶般无止无尽。肖雯抬眼看着大厅中央墙壁上悬挂的孙元与自己的结婚照，一时泪流满面。这一切都让苏洁看在眼里。苏洁与肖雯已好久不见，特来约肖雯撸串。

她们要来两大杯生啤，看着杯上不断涌出来的泡沫，高兴地拿筷子插入啤酒杯中。

苏洁想起个笑话是关于如何才能倒好啤酒。她拿起生啤，慢慢倒入倾斜的杯口，对着肖雯说：“看，就是这样，这叫

'歪门邪倒'。"

是啊，这个世界到底是怎么了？人与人之间的相处，再也找不到纯粹的模样了。大家一年年地追求平和稳定，世界在变老，年轻人也在变老，人人都未老先衰了。人啊人，苟且地活着。

她小口小口地喝着，感受那一股凉滑入她的身体。初秋将至，她却也能承受住这样的凉意，几个月之前，她还以为自己撑不住呢。人啊，是有无限潜力的。

她看着肖雯接了几个电话后又摸出手机："亲爱的，你在干吗呢？""好的，你自己注意早点休息，我一会儿就到家。"

苏洁看到，肖雯在收手机的同时脸上的笑容也一瞬而逝。

苏洁看着肖雯又想想自己，举起杯子，与肖雯来了个碰杯。

"干了！"

秋意渐袭，晚风收紧。苏洁看到路边树上的叶子不时有一两片往下掉落，像翻飞在空中受伤的蝴蝶，不再抗争，随风而去。苏洁摊开手掌，一股细沙般的空气在她手中停留，她握紧拳头，用尽全身力气，接着再摊开，就着夜晚的灯光看，什么都没有。她忍不住笑了一声，在心底自嘲：我们这些懦弱的人啊！

心 水

一

五天了，李心水从来没有离开家这么长时间。困扰她的事情实在太多，她不想被埋在生活这块沼泽地里。学校的事情一团糟，这已经够让她烦心了，再摊上个这样的丈夫，她简直就像个溺水者，在最后一刻，只能眼睁睁看着屋里的光刺入眼中却无能为力。那天晚上，她一夜未眠，一直躺在床上等着窗边亮起第一道光。她简单拿了些洗漱用品，带了几身换洗衣服，出门之前，她打开家里的衣橱，转开锁，拿了一张银行卡。李心水确定自己没有刻意放轻动作，她记得自己冲马桶的声音与开橱门的"哐当"声，她一度怀疑黄天是故意的，至少在那个时候，应该挽留她的。她还记得自己去看婴儿床上的蝈蝈，睡得很甜，柔嫩的皮肤被一层柔软的光照着，长长的睫毛像扇子样覆盖下来。李心水强迫自己不去看他，心知再看下去就走不了了。

谁都想不到她就住在离家不到五百米的宾馆里。李心水一直把那张银行卡藏在贴身的牛仔裤口袋里，她要经常摸一摸那张硬硬的卡片，仿佛那是她的定心丸，摸一摸就心安了。洗完澡躺在床上，她翻出手机，打开微信，里面的朋友就几十个，大多数还是同事。她上下翻阅着，像个流浪汉要在一片杂草中挑选出一根稗子，在一个叫"蚊子"的微信名前，她停止了滑动，想着这个曾经的发小，现在已经是一个培训机构的校长了。她拨通了语音聊天。

"干吗呢？"心水已经有好久没有联系她了。

"我还能干啥啊，都是一堆破事。怎么想起给我打电话了？"电话那边的声音明显有出乎意料之感。

"没事，就是想你了，想聊聊天。你最近怎样啊？"心水想极力打破这种生涩感。

"我啊，还是老样子，每天几个校区的课程安排、每个员工的打卡情况，都要盯着。感觉人到中年精力明显不足啊！真羡慕你！"接着是一声长长的叹气声。

"羡慕我？我有什么可羡慕的？"心水倒有些心虚。

"你啊，至少有个疼你的老公啊，还有那么可爱的孩子。你都不知道，每次看见你朋友圈上晒的娃，我就羡慕得要命。"蚊子接着说，"我怀疑再过两年我还生不生得出？现在我就想去找个捐精的，直接整个娃算了。找个情投意合的，我是不指望了，能养个聪明可爱的娃，我倒是乐意的。"

心水没想到，自己的这种状态还是别人羡慕的呢。没生过孩子的人，都不明白养个孩子的辛苦，什么都得操心，若再加上个不省心的丈夫，这日子就像糨糊，越搅越浓稠，最后都快硬掉了。

"算了，不提这些事了。你还记得我们小时候吗，一起爬树的那次。"心水说。

"哎呀，当然记得啦。那次一只小鸟从树上掉下来，柔软得要命，张着嘴巴像是要吃的。我们挖了好多虫子给它吃，后来，还是你爬到树上给它送回家的。那时候我就羡慕你，什么都难不倒你。""蚊子"几乎要滔滔不绝了。

她们两个人一聊起小时候的话题，就几乎没个完。快乐的时光通过她们的嘴巴又重现了一次，现实中的时间过得也很快。直到半夜三点，不得不睡觉了，她们才终止了谈话。

早晨起床后，李心水睁着个"熊猫眼"进了教室。最近的课程比较紧张，马上就要期中考试了。她带的两个班语文成绩都不怎么样，这也不能怪她，谁还没有拼命的时候啊！想当年，她所带的班每次都考到年级第一，拉开第二至少十分以上，可现在她有孩子了，她对待时间像农夫对待木材一样，劈成一条一条的，希望能发挥最大的效力。上次她看见一位年轻的小姑娘上的一节示范课，那PPT的图片做得很美，再加上她富有磁性的嗓音，一节课下来就是美的享受。

课后，她坐在自己的位置上，犹豫了半天后终于觍下脸来去向那姑娘请教。那姑娘在电脑上快速地点来点去，只见她的头像拨浪鼓一样摇来晃去。至今那个 PPT 还在她电脑桌面上，可是她只打开过一次。

最近，她带着孩子们复习所学的四个单元的内容。她一转身在黑板上写板书，底下就开始像蜜蜂一样"嗡嗡"声不断。她没有转身，继续写字。她知道是坐在墙角的那个叫"孙飞"的孩子在讲话。不一会儿，这种"嗡嗡"声在不断蔓延，像是有声的瘟疫一样，最后教室到处都是孩子的说话声。

她的血液开始上涌，脑袋有些发涨，紧握着粉笔的那只手在写板书时加大了力气，她明显感觉到指甲缝里塞满了粉笔的细末。她转过身，眼神里喷射出火龙般的恼怒。她已经明显感觉身体里那只狮子复活了。心水也不知道自己是怎么了，放在平时，她会睁只眼闭只眼就这么过去了，可今天她就是要较真一回。

可孩子们对她压根就不在意，嘴巴还在不停地一翕一合。她看见那个叫"孙飞"的孩子，一边吃着干脆面一边在说话。

这哪里还是课堂，这场面真的触碰到她的底线了。人家说"擒贼先擒王"，今天她就要看看这个混世小魔王到底耍什么花样。

她快速走到孙飞面前，问他："你吃什么呢？"孙飞一时间笑容还僵在脸上，嘴巴里咕哝着不知道说的是什么，干脆面的碎屑还粘在他脸上。他身上的衣服太大了，一只袖子卷起来，还有一只就那样拖着，真像是舞台上唱戏的小旦，领口处被磨得发亮，头发竖立着，像个小刺猬。

她翻开孙飞的书，发现书上面一片空白。课上讲的重点知识，他一个字都没有记。她按捺住心中的那团火，继续提问：“你把李白的《古朗月行》背一下。”

孙飞的嘴巴迅速地咀嚼着干脆面，同时发出“嗡嗡”的声音，那一大块干脆面终于被他吞进肚子里了，之后他嘴里蹦出了两个字：“不会！”

心水把书往他的课桌上一放，脸涨得通红，喉咙里像被打了结一样。那种无力感又来了，她所熟知的那个东西在慢慢离她而去，她像是坐在一段脱轨的火车上，不知道生活会带她到哪里去。

心水站了一会儿，一直看着孙飞的脸，见他脸上没有一丝愧疚之色，眼神中还带着挑衅的意味。李心水拿出最后一招：“明天让你家长来一趟！”

二

晚饭后，心水不愿意回宾馆，她走在灯火通明的马路上。这条街她不知走过多少趟了，她闭着眼都知道前面一家店叫“点点母婴坊”，在店门口徘徊了一阵，最终她还是进去了。

一件一件的小衣服质地柔软，她翻来看去，看中了一件带有刺绣图案的连体裤，上面的花纹是蓝底红花，有些像飞鸟的图腾，她又翻开吊牌，上写“100% 棉”，她心想就这件了。

“老板，这件怎么卖？”

老板头都没抬说：“四百八十元。”

心水有些犹豫，又翻开吊牌看了下，说："就是普通的棉而已，怎么那么贵啊？"

老板站起身来，走到她面前："你看，这个花纹，这个手工，是人家一针一线绣上去的。"

心水抖开裤子，翻过去："老板，你看，这个刺绣明明是机器绣的，不是手工的。"

"机器是不是需要人来操作呢？"

"是。"

"那不就是了，那不是手工的是什么？"

"这也算吗？"

"一看你这样子，就是个教师对不对？干什么都在抠字眼。"老板失去耐心，"这件最少四百五十元，要买就买，不买就算，我们不强求。"

白天的气还没顺呢，怎么一个卖衣服的也瞧不起人呢！心水狠狠心，咬咬牙，打开手机微信扫了二维码。想起白天孙飞那破衣烂衫，心想也不知道孙飞这妈是怎么当的，怎么把自己的孩子糟蹋成小乞丐般的模样？她拿着衣服看来看去，质地柔软顺滑，像是蝈蝈柔嫩的皮肤，至少我不能让我的蝈蝈穿成那样！

回到宾馆，心水拿着小衣服，想象着蝈蝈穿在身上的样子，心里竟有些美滋滋的。说起来，这么多天没见到蝈蝈了，也不知道他闹了没有，找妈妈了没有。

半夜，她被一个梦吓醒了，起床一看才三点半。她摸了一把眼睛，都是泪。她记得自己给蝈蝈穿上了新买的衣服，蝈蝈歪歪扭扭地走向她，突然间地面裂开了一道缝，蝈蝈一下子就不见了，她向下一看，是无底黑洞，从洞里传来"妈妈，妈妈……"的喊声，她立马想跟着跳下去，可是无论她怎么跳，脚都粘在地面上。那种无力感又向她袭来，她盯着天花板，眼神又涣散了。

反正也是睡不着了，她打开灯，走到写字台边，坐了下来，写字台前是一面大镜子。看着镜子中凌乱的自己，她真不敢相信，这就是她。她还记得自己年轻时的样子，那时的嘴角是上扬的。她还记得第一次和黄天约会时的模样，她穿着背带裙，扎着马尾辫，那一走一蹦的样子显得既青春又有活力。现在再看看自己的头发，干枯发黄，还夹杂着白发。自从怀孕后，脸上的斑点就再也没有消退下去，还有被裹在睡衣里的身体，皮肤已经松弛变形，这哪里还是当年的自己？她看到桌上躺着一支笔还有一叠纸，纸的上方还印着这个宾馆的名字。她拿起笔来，开头写道："亲爱的蝈蝈，我是妈妈……"一开始写得不顺，错了好些字。她想着不能让长大以后的蝈蝈也笑话她，所以不断地撕了写、写了撕。大概在早上五点一刻，她终于把那封信写完了。她站起身来，把信放在那条裤子的包装袋里。

入秋了，清晨的风吹在身上还有些凉意，心水把毛衣往身上裹了裹，走进校园。今天她特意来得早一些，本来早自习不是她的，她主动提出与英语老师调课。

她拿着一本课本教参从办公室出来，要爬上三层的台阶，还需要穿过长长的走廊。今天心水提前十分钟从办公室出发，她想着到达教室还可以让孩子们多读五分钟的书。经过一间间教室时，她发现教室里还没有老师，很多学生还没有进入状态，有的在皮闹，有的在吃早饭，还有两个靠近窗户的女生在扎辫子。当她快走到自己班级教室的时候，她特意放慢了脚步。她想看看自己的学生在没有老师的时候是什么样的状态。她靠在门边上，先仔细听了听，教室里很安静，一开始她以为没有人呢，可接下来有一个人似乎在讲台上说话，说的每个字她都能听得很清楚。

"你们不知道什么时间该做什么事吗？"教室里一点声音也没有。

"看看你们一个个的样子，坐没有坐样，站没有站像。"教室里还是很安静。

"上课的时候，是不是应该吃东西呢？"这话怎么听着这么耳熟。

"同学们，你们说应不应该向孙飞同学学习啊？"心水记起这话在昨天的课堂里自己好像说过。

"应该！"底下的学生几乎是异口同声了，接着是一阵爆笑声。

李心水怔住了。昨天在课堂上她教训学生的话语，现在听上去竟那么刺耳。她感觉周围的风都向她聚拢过来，在她身上形成旋涡，渗进肌骨，她不由自主地打了个寒战。她深吸了一口气，又往教室门口挪了一步。突然有个男孩走了出来，看样子是急着上厕所，经过她的时候放缓了脚步，却并没有停下来。

"李老师好！"男孩大声问好，好像离她很远似的。

教室里的说笑声一下子凝固了，像是用一张无形的网给罩住收上口封存了起来，接着，教室里的"嗡嗡"声停止了，不知是谁起的头，清脆的琅琅读书声蔓延开来。

心水并没有进教室，只转身站在栏杆边。灰白色的絮状云朵大块地浮在空中，像是翻倒的牛奶被什么人用脚踩脏了。远处的红色橡胶跑道上覆着一层白霜，看起来竟有些冷清的味道。路边的几盏昏黄的灯在孤独地亮着，像是在维护着自己最后一丝尊严。

三

终于熬到了放学。心水的心情糟透了。上了公交车，她选择了后排靠窗的位置。她把头耷拉在弯曲的手臂上，看到绿化带两边的树木越来越细，花草越来越鲜艳。上车的人渐渐多起来。她看见一对小情侣两个人互相谦让着一个座位，一看就是刚恋爱不久，还处于新鲜期。两个人都想展示自己最好的一面，可是生活真正的模样，不就是真实吗？

想当初，自己的脸上有了一种叫"扁平疣"的病毒，那种"疣"凸出皮肤表面，会顺着你的抓痕生长，颜色也由浅入深，最后整张脸上都长满了这种"疣"。可是那个时候的黄天并没有嫌弃她，还带她去看了很多医生。那时候，她一度以为自己将要毁容。经历了最不堪的那一段时光后，她毅然决定嫁给黄天。按说她并没有那么爱黄天，感动，对，就是感动。对于心水来说，在那段时光，她被自己想象出来的一种不离不弃的情感所诱惑。就这样，她谢绝了所有人的建议，奔向了自己创设的幸福。

汽车的颠簸、窗外景色的变换，让她有种时光被剥离之感。一个急刹车后，她的身体猛地向前倾倒，发出"啊"的一声尖叫。是一个小学生乱闯了马路，幸亏司机的反应快，避免了一场交通事故。

"不要命啦！"司机愤愤不平。

"小鬼头的家长呢？死掉啦。"司机望着孩子奔跑的背影，骂了一句。

心水重新坐好，她理了理头发。外面站台上拥满了人。后门一开，三三两两的人走了下去，前门一开，一团人围了上来向车上挤。为了生活奔波的人，都是这样。每个家就像是一处临时避难所，在外面受的所有委屈、痛苦，回到那个火柴盒一样的家里，都可以统统放下，以一种微弱的叫作亲情的东西去化解。可怜又可悲的人啊！

车门关闭后，车子缓缓启动。心水透过站台向后看去，有家店的玻璃窗上贴着"万圣节快乐"的字样，旁边还有一个龇牙咧嘴的大南瓜图案。那是一家茶座，是他俩没结婚前经常去约会的地方。她记得靠窗边第三个位置是黄天最喜欢的，她不由自主地看着那个位置，还真有个人坐在那里，那人的头发也是自来卷，特别是后脑勺那儿的头发的弯曲幅度跟黄天的几乎一样，那张侧脸也跟黄天相似，高高的鼻梁，从侧面看特别挺拔。那个男孩的对面是一位打扮时髦的女性，长长的瀑布一样的直发衬得她特别的娇小，白皙的皮肤闪闪发光，饱满的额头，高高的山根，还有那富有弹性的苹果肌，是个标准的美人坯子。

她好像突然悟到了什么，站起身来朝后门走去。她连三赶四地按响电铃时，一辆汽车又一个急刹车。

"慌什么？刚刚在做什么？车开了，要下车。"司机的声音很大，充斥着整个车厢。

心水根本不想说任何话，她急于想逃脱这辆车厢满载的车。她跳过花丛，越过绿化带。她不确定自己是否看花了眼，可能是昨晚没睡好，也可能是今天生气，脑回路不够顺畅。总之，她在找一切借口希望那不是真的。

快了，快到了，她就想确定一下，看一下就走。如果是真的，她就可以走得更安心了。对于她来说，这也许更能帮助她下定决心。

还有几步就到了，她感觉到自己有些紧张，或许不是真的，但如果是真的，被她当场抓住，她会怎样呢？该骂男人还是女人呢？女人可恨，看着那媚态，就不是个好东西，男人更可恨，转眼就忘了旧爱，薄情寡义，最是男人心。

她整个神经都绷起来了，脚底摩擦的感觉直传到心底。手指头有些僵硬，有些握不住东西了。她走到了窗边玻璃外。

空的，没有人。她记得在刚刚的位置上，有一个很像黄天的人，还有一个女孩。怎么一转眼，人就都不见了？她推开门，楼上楼下又转了一圈，还是没发现一个人。

难不成真的是自己看花眼了？就在她准备离开的时候，那个长发女孩从卫生间走出来，看见李心水的时候，愣了一下。

心水循着她的眼神，也看着她，突然有种似曾相识的感觉。

"心水——"女孩先打了声招呼。

"你是——"李心水有些不敢确定。

"是我啊。我们昨天晚上还通话来着。"女孩很热情。

"蚊子？蚊子……"心水惊叫起来，这太出乎她的意料了。

蚊子重新找了个座位，拉着心水坐下来。在等咖啡的时候，心水还是忍不住看了看四周，确定没有那个男人的身影。心水装作不经意间问了一句："你不是在学校的吗？怎么会在这个地方？"蚊子的眼睛一闪，接着的回答也是合情合理。她说一个客户找她谈合作想开分校区，结果没谈拢。

心水还是不死心，那张侧脸，真的太像黄天了。他怎么会无缘无故来到这个地方？而且还是跟蚊子在一起？这里面似乎有什么她不知道的秘密。心水还是不放心，有意无意间就把话题往蚊子的情感方面去引："是不是约会呢？要不要我帮你参谋一下。我是过来人，怎么也比你经验丰富点。"那心水故意问了好多蚊子的这种事情，也了解了很多，比如蚊子谈过十几个男朋友，结果没一个能投她的脾气的，甚至有一个与她都已经进入到实质性阶段，最后却因为一句话而分道扬镳。

"也许，他本来就不想结婚吧，刚好找到了借口。"

心水只知道蚊子的第一个男朋友伤她很深，不仅浪费了多年的青春，还搭上了她的积蓄。那个男人临走时留下的一句话，至今让蚊子耿耿于怀——"也不照照镜子，你的青春叫青春吗？"言外之意是嫌蚊子长得老气。

蚊子一气之下做了整容。手术结束后，蚊子说："你看，我开始了不一样的人生，一切都可以重来。"

与蚊子分别的时候心水依然记得她的口头禅——"没什么大不了。"

四

心水一睁开眼就决定今天要做两件大事。她分别打了两个电话，一个给黄天，一个给孙飞的父亲。

她到了市民广场，远远看到一个推着婴儿车的男人身影。她知道那里有她的蝈蝈，可是她不能去。她看见黄天拿出一根烟，站在离婴儿车十步远的位置，开始点火。那烟火忽明忽暗，像那天晚上黄天对着她发怒时眼中的光。她还记得那天晚上，黄天把她压在身下，对着她的脸，来回扇了几下。她就那么懵掉了，脑子是空白的，天花板是空白的，感觉自己身子里的血液就那么不断地膨胀，自己僵直地躺在床上，一动也不想动，那时她明白了一个词——心如死灰。

她看见了一辆出租车，招手上车。时间很紧迫，她要在黄天回家之前把裤子送回家。这是她给蝈蝈的唯一念想了。

她打开门的一瞬，只见家里凌乱得像是遭了劫，房内到处堆放着衣服，盆里还有蝈蝈的脏衣服，垃圾桶里蝈蝈的尿不湿已经溢出来了，还有奶粉罐的盖子没有盖好，勺子就放在床头柜上。

她在床沿扒拉出一块地方坐下，把裤子放在自己的腿上，从裤子里面掏出来那封信，信上还沾着她的泪痕。信的内容如下：

蝈蝈：

我是妈妈。

当你看到这封信的时候，妈妈已经离开你很久了。妈妈知道这是不对的。既然生下了你，我就应该对你负责。可是妈妈有自己的难处。你是我怀胎十月生下来的，生你的时候，我的一颗牙都被咬断了一半，但是看到你健康成长，我是多么高兴啊！可一切都不是一帆风顺的，我和你的爸爸，发生了一些冲突，我感觉我们之间有无法调和的矛盾。蝈蝈，你要记住，不管是妈妈也好，爸爸也好，我们都是爱你的，这点是最重要的。妈妈是个逃兵，不能勇敢地去面对生活，这是不对的，但是我连自己都保护不了，怎么能去保护你呢？原谅妈妈吧。

妈妈

看到这里，她拿出那张纸，又拿出随身带的笔，在最后的署名前又添了几个字——"爱你的"。

是啊，爱你的妈妈就要离开你了，蝈蝈。心水的眼泪再次落下。

回到学校，心水坐在办公室里。调整好自己的情绪后，她拿出课本来备课。她决定在期中考试结束后离开学校，至于去哪里，她还没有想好，但她心想总归一切都会好的。

"你是李老师吗？"一个中年男人踱着步子走进了办公室。她抬头看了看，现在办公室里只有自己一个老师。那位中年男人的头发有些花白了，脸上有些发黑，是那种闪亮的带着油光的黑，这让心水想到了一幅叫《父亲》的画。男人弯着腰站在心水的办公桌前。

心水先看见的是蓝布工作服，胸前印着"鼎盛燃气"这几个字，下面还有他的名字——孙有才。

"请坐吧。"看到这个姓，心水就知道他是孙飞的父亲。

孙有才却一直低着头站着，像个犯错的孩子。

"请坐吧。"心水再次让他入座。为了减轻他的心理负担，心水站起身来，为他倒了杯水。孙有才依然像进来时那样弯着腰、不说话，像是在等着心水的训诫。

"这次请您来，是想让您了解孙飞在学校的表现的。"心水开门见山。

"嗯。"孙有才的嘴里终于蹦出一个字。

"孙飞经常不完成作业。"

"在学校还会打骂同学。"

"最近我听学生反映,他还学会抽烟了。"

……

"嗯。"孙有才还是那一个字。

整个谈话过程都是心水在自导自演,孙有才连一句硬气的话都没有,让心水生气。

正好下课铃声响了,心水看见了一个身影,还是那个穿着那件宽大不合体衣服的孙飞。心水站起来,走到门口,叫住了想要逃离的孙飞。

孙有才一看见孙飞,就劈头盖脸地上来数落:"天天犯浑,你就不能让我省点心?我赚点钱容易吗?!"

说着,孙有才抓住孙飞的头,来回拉扯着。孙飞被抓痛了,龇牙咧嘴地开始嚷嚷。

"谁让你来的?你走啊!没人想看见你。"

"你这兔崽子,老子养活你,你还这样说!看我不打死你!"

孙有才一个甩身,把孙飞推到墙角边。

心水从来没见过这样的父亲,把孩子往死里打的。就在孙有才要踢孙飞的时候,心水一下子扑了过来,挡住了孙有才的脚。

孙有才一把把心水拉开,对着孙飞的肚子就是一脚。心水胸中的"那条龙"出来了,血液一下涌上了她的天灵盖,她四肢微颤,用尽全身的力气扑向了孙飞。孙有才的一脚狠狠地踢在李心水的身上，心水明显感觉自己的后腰被重击了一下，疼得她顺势倒了下去，最后她还是把孙飞抱在自己的怀里。孙有才被这突如其来的一招吓蒙了，站在一旁，喃喃地说："我不是故意的，真不是故意的，李老师……"

被心水搂在怀里的孙飞，一下子忍不住号啕大哭了，一边哭，一边说："妈妈就是这样被他打走的……"

原来孙有才在年轻的时候就是个脾气暴躁的人，在外面受了气，就回来经常打孙飞的母亲，最后孙飞的母亲实在受不了了，便离家出走，到现在也没有回过家。

孙飞从小到大巷口的小伙伴们都不和他一起玩耍，都说他是个没妈的孩子，是孙飞的奶奶把他带大的，可去年孙飞的奶奶也去世了。孙飞觉得一切都是父亲的错。孙飞觉得父亲如果不是这样一个人，自己肯定也会像别的同学那样有个疼爱自己的妈妈。

心水边听着孙飞断断续续的叙述，边把孙飞死死地抱在怀里。她想着，如果蝈蝈遇到这样的情况，谁来抱着他呢？想到这儿，她的眼泪也顺着脸颊流了下来，好像此刻在她怀里的就是蝈蝈。

那天放学后，心水独自在操场上走了很久。心水想，有些人需要用一生时间去弥补童年的不快乐，而有些人却用童年的快乐去化解一生的痛苦，这是两种完全不同的人生境遇。以后她的蝈蝈会有怎样的人生呢？心水见远处的白云似乎比昨天更白了，也更蓬松了，操场边上那棵树上的喜鹊也回家了。心水似乎又看见那只张着嫩黄嘴巴的小鸟，是那样柔软，那样无助。

突然，心水很想打电话给黄天。她刚拨了电话，还未连通就挂了。她想起那封信还放在家里床头柜的抽屉里，想到这儿，她加快了回家的步伐。

在离家不到二百米的十字路口，心水看着前方的红灯亮起又灭了，绿灯灭了又亮了，心神竟有些恍惚了，直到一个老人推了她一下，说："该过去了。"

是啊，再怎么样也得走过去啊！李心水踩着高跟鞋，鼓起勇气回了家。

家里的灯没亮，难道黄天还没有回来吗？难道他还在那个广场等她吗？这个傻子，怎么那么傻，心水心想。

心水打开灯，进了卧室。家里还是她今天早上打扫过的样子，被子也是她理好的四方形。黄天曾经说过她："为什么非要理成这种方方正正的形状，不能理成长条状？"黄天说，人就像蝴蝶一样，白天出去飞舞，晚上又变成蝉蛹钻入被子里休眠，为了方便蝉蛹进入休眠状态，还是叠成条状方便一些。可心水对黄天的观点不置可否，只直接来了一句："就是懒人理由多。"

她弯腰把被子展开，重新铺展好。她将被子折叠再折叠，把两边理成弯曲状，把被子叠成了四方形，怕不美观，又在被子边角处刻意处理成尖角状。她看着觉得很满意。大学军训期间，她就是"内务标兵"，她这些好的生活习惯一直延续到今天。

做完这些她坐了下来，拉开抽屉，看见那封信还稳稳地躺在那里。今早，她特意将信放在一沓说明书的最上面，现如今那封信还在那个位置，原封未动。

她看了看四周，空荡荡的房间里有的只是自己在昏黄的灯光下的动影。她把那封信拿出来，找了个打火机，一把火烧了那张纸。烧完信之后，她终于安心了，又拿出随身带的银行卡，将卡放回衣橱柜里。

她坐在床边，等着黄天回来。她要告诉他，今年冬天要和黄天一起去武汉，看一看他的母校，这是他们之前就说过的。虽然她一直想去东北，想去看看真正的大雪，但她知道，以后肯定也会有机会去的。

不知不觉中，她靠在床边睡着了。睡梦中，她看见了漫天的大雪，白皑皑一片。脚踩在上面，发出"咯吱咯吱"的好听的声音，像是小时候咬过的脆脆的米饭锅巴，那种滋味真是香甜。她还看到了满天的星光，就在头顶，可以一颗一颗数出来。她还坐着雪橇，由几匹藏獒拉着，飞快地穿梭在茫茫一片的雪海中。可惜的是她刚想从最高处的山峰上往下飞跃，半夜一声猫叫，把她惊醒了。她睁开迷糊的双眼，站起身来，感觉每个房间依然像在梦中一样，有雪一样的冰冷的气息。

就在她穿过客厅时，发现茶几上不知什么时候多了一封信。她打开一看，上面的字迹是那么熟悉：

　　心水，我走了。这些年，也许是我错了。我已
经很少参加聚会，以前的朋友也很少来往了，可你
还是巴不得一天二十四个小时都让我活在你的控制
之下。我们真在一起了，你又为了一点小事和我闹。
这些年来，我就像捧着一个刚粘好的青花瓷，不知
道怎么办才好。我一分钟都不能和你多待下去，我
真的怕自己会疯掉。我想，我们还是分开吧。

　　不用低头看，心水也明显能感觉到自己的身体在打战，
那种由内而外的无力感，让她一下子瘫软在地。

　　晚秋来袭，寒露渐重，深夜里一片寂静。窗外盘旋的一
阵风，带着呼号之音远去了。

　　二〇〇四年的暑假，正值心水考完大学，她拉着蚊子参
加了一帮朋友举办的聚会，朋友们美其名曰"假日狂欢"。
他们骑着自行车，穿梭在县城的大街小巷，释放着无处安放
的青春气息还有那未知的梦想。晚上，他们在录像店租来光
碟看片，《泰坦尼克号》就是在那个时候看的。最要命的是，
晚上他们还看《贞子》，心水由于胆小，建议喊个男生来，
后来在那昏黄的夜色中，一个穿着休闲卫衣、戴着帽子、帽
檐的边缘处可见一些弯曲黄发的男生，还有那鼻梁高挺的男
生，陪着他们一起看了那部恐怖片。在此起彼伏的惊叫声中，
心水瞥见了蚊子偷眼看黄天的样子，那眼神在荧光屏前，竟
还有些娇羞的感觉，关于这一点，心水一直装作没看见。

小白鞋

一

午夜十二点的天空灰蒙蒙的，像炸过的千滚油，有种黏稠滞重的感觉。带着寒露的空气向辛建国袭来，他哆嗦了两下，跺了跺脚，目光越过红色的帐篷向外望去，只见空无一人的街道沿着立体平面向黑暗处延伸。不会再有顾客了，他默默地盘算着。

辛建国整理了那些铝制小盘，收拾了掉落的菜叶，把没卖掉的鸡肉装进塑料袋，把锅里的油重新装入塑料桶中。做完这些，他一股脑儿地把这些东西放进小推车的下层抽屉里。他把小推车推回家，车轮子滚动在青石铺就的小路上，发出"嗒嗒嗒"的巨大响声，这响声划破了无人街道的空寂。

细心的你肯定已经猜到辛建国是做什么工作的了，没错，他是个炸串兼做肉夹馍的老头，每日下午四点出摊，午夜十二点收摊回家。十年了，雷打不动的作息规律已经嵌入他的神经系统，指挥着他的日常活动。他不像别的商贩，看到哪里人多就往哪里钻，学校、医院的门口从来不会见到他的身影。他有固定的摊位——新文化家园东门口的一个花坛边。一年四季，无论是刮风还是下冰雹，他始终都在那个地方。食客适应了他的作息规律后，都爱到他这里来。下雨天摊位少，午夜十二点时更是所剩无几。云淡风轻的他，反而生意红火。

进了家门，辛建国并不急于躺下，他还将小推车反复擦洗，直到小推车有了银质般的光泽。之后进入厨房，给自己炒了个菜，喝了两盅酒，喝到微醺时他的酒糟鼻更红了，隐藏在稀疏毛发下的头皮也更显光滑。昏黄的灯光将他的影子定格在屋内的一角，蜷缩在矮桌旁的辛建国像一只长条冬瓜，自斟自饮。今天不同往日，辛建国给自己的酒杯又满上了，对着墙上的全家福仰头干了一杯，再一杯，又一杯，辛建国到后来也记不清自己到底喝了多少，最后歪倒在一把残破不堪的藤椅上，头靠在藤椅编圈旁，嘴巴里不时发出"呼呼呼"的喘气声，像不断煮着一锅开水。

"小兔崽子，你给我回来……"辛建国是被隔壁的打骂声吵醒的。他做了个好梦，一个特别好的梦，一个甚至可以让他泪流满面的梦，可这梦戛然而止，像突然被打碎的玻璃一样，刺得他心脏慌慌地疼。他爬起身来，想找出这个肇事者，透过窗格，他看见一个小妇女一手叉着腰，一手指向大门外，由于激动还不时跳两下。辛建国看不见她的脸，只见横飞的唾沫呈颗粒状飘浮着，被白亮的日光暴露在空气中。

又是这对母子！辛建国摇摇头。这对冤家一样的母子刚搬来不久，几乎是天天上演这样的戏码。

辛建国打开门，擦身走过小妇女身边，向大门外看去："怎么回事？发生什么事了？"小妇女瞥了他一眼，说："关你什么事？狗拿耗子多管闲事。"小妇女穿着一件粉色的睡衣，领口的蕾丝看起来被浆洗过多次，与衣服的主体已然分离，挂在胸前。没穿胸罩的乳房坍塌下来，扁塌的形状在这种柔软的衣料质地下，隐约可见。

辛建国移开目光，走出门外。他有晨练的习惯，每日都沿着青砖路跑步然后转向一条岔开的砂石路。跑完辛建国拉伸韧带，做着扩胸运动。尘土在他身后飞扬，一如他的心情。青草与泥土混合起来的气味，令他在小河边停留了一会儿。他捡起一块削平的石头，斜着脑袋，向河面侧飞过去，小石块点了一下河面后向对岸飘去。

"有什么了不起的！哼！"芦苇丛中漏出的声音吓了他一跳。一个男孩钻出来，手里拿着一把小铁铲，是类似于养花草的小铲子。男孩看起来七八岁的样子，脸庞肉嘟嘟的，一双大眼睛闪着光。身上的条纹 T 恤领口被撑大了，有一边只见浑圆的肩头露在外面，脸上有一条泥土抹过的痕迹，因没擦干净，已经起了硬疙瘩叮在脸上。

男孩抓起地上的一块石头，也学着辛建国的样子，斜歪着头，拉长胳膊向后伸展，最后手腕用力甩出去。只听"咚"的一声，石头沉入河底。湖面荡开的涟漪，像被风吹开的褶皱，瞬间又被抚平了。

"哈哈哈。小鬼，就这点本事？"辛建国笑得眼睛和眉毛揉成了一团。

男孩的脸唰地红了，白了他一眼，拔腿就跑。

"别走嘛，我来教你好了。"辛建国对着他的背影喊道。

"谁稀罕！"男孩回身，还不忘向辛建国的方向啐了一口。

二

按理说，辛建国是个严谨的人，一定有时间概念，每次他都提前半小时从家推着小车往新文化家园走去。可这天下午，辛建国在下午四点半才出现在那个他早应出现的地方。一整个下午，他频频出错，不是把鸡柳炸糊，就是找错了钱。当他坐下来歇息的时候，终于在脑子里过滤了一遍出摊前发生的事。

下午三点半，他从家里出发。"咯哒咯哒"的声音从推车底部发出，辛建国喜欢听这样的声音，感觉就像一个人穿着高跟鞋在走路的声音一样，"咯哒咯哒"，踩在青石板路上时发出清脆响亮的声音。小推车把手上还挂着一个小收音机，黄梅戏那绵软的曲调从这个红色的小匣子里飘出：

"本愿与你长相守，同偕到老忘忧愁，孤独的滋味早尝够，萍踪浪迹几度秋，怎舍两分手，叫你为我两鬓添霜又白头……"

辛建国跟着哼唱着曲调，手不由自主地打起拍子来，正拍得起劲，一阵吵闹的声音扰乱了他的节奏。他不得不停下来。柳树下几个小孩围着小鬼，不，他现在已经知道了他的小名——雷雷。

雷雷的衣领被一个孩子抓住了，那孩子试图通过转圈把雷雷摔倒在地，可雷雷的手像钳子一样抓住了那孩子的衣服。转了几圈后，雷雷没有被甩下去，但两个人都有些筋疲力尽了，那个孩子对着其他人说："把他拉过去。"还没等其他孩子上手，雷雷又抱住了那孩子的腰，死活不松手，还把脸贴在那孩子的后腰上，以趋于半蹲的姿势。雷雷的重心较低，哪怕一时处于劣势，也不会轻易摔倒的。辛建国这时倒来了兴趣，他要看看雷雷怎么应付这帮孩子。

那大一些的孩子使劲在他头上拍，那声音远远就传到辛建国的耳朵里了。雷雷的脸部扭曲着，嘴巴咧开，眉毛拧了起来，看起来明显在强忍着疼痛，可雷雷依然不松手。"你们是死人啊，赶紧把他拉开！"那个大点的孩子有些着急了。其他人一听这话，都围了上来，有的抓他的胳膊，有的用柳条抽打他的腿。雷雷一看有这么多只手，一反身把那孩子抱起来转圈，那孩子又用胳膊肘捣他的后背，力度不轻，雷雷猛地在他后背上咬了一口，那孩子痛得哇哇叫，弯曲着腿直踢雷雷的肚子。这一下雷雷被踢疼了，这次的疼比上次的更强烈，雷雷一下子没忍住，眼泪流出来了，可他还是没吭一声。他像个被围困的小猛兽，嘴巴里呼喊着，头埋在男孩的怀里，向柳树撞击过去，其他孩子也跟着这两头"小猛兽"追了过去。场面有些混乱，辛建国忍不住了，向那帮孩子走去。

当时的场面太激烈了，所有人都没有注意到辛建国。他们围成一个圈，把这两头"小兽"围入里面，两个孩子扭着抱在了一起，雷雷的脸被压在下面，半边脸上都是灰尘，一只手也被反压着，明显处于下风。辛建国拨开人群，走入圈内，像提起一只虾般把那大孩子一拎，这"虾"突然在地上被袭击，一时没反应过来，在他手里扑腾着。辛建国把他甩到旁边去了，他拉起雷雷。雷雷的鼻子流血了，两道黑乎乎的蚯蚓般的鼻血挂在他脸上。

孩子们一看有大人来了，赶紧作鸟兽散。一个孩子把铁盒扔了过来，另一个孩子把铁铲扔下了，他们临走之时还丢下一句话："小贼，偷钱的小贼。"

雷雷坐在地上好久才缓过劲儿来，他用袖子抹了下脸，吸吸鼻子，擦擦脸上的灰，又站起来拍拍身上的土，向前走了两步，弯下腰捡起了地上的铁盒和铁铲。

他看着空空的盒子，又重新坐在地上"哇"地哭了起来。那哭声回环往复，往芦苇荡的方向飘去，散得更远了。一群野鸟扑棱着翅膀，腾空而飞。

"看看，鸟都被你哭走了。刚刚被打得那么严重都没有哭一声，这个时候，反倒哭得这么伤心。"辛建国被他搞糊涂了。

"你知道什么……他们把我的钱全抢走了……"断断续续的话语从他的哭腔中挤了出来。

"那他们为什么说你是小贼啊？"

"他们……他们瞎说……"雷雷的眼神中带着一丝慌乱。

雷雷拿起盒子准备逃离。

"就这样走了？"辛建国说，雷雷没有回头，说："那你想怎样？"辛建国说："你就这么对待你的救命恩人？"雷雷说："我妈说了，你是神经病，让我不要理你这种人。说你天天鬼鬼祟祟的，半夜不睡觉，一个人在屋里哭。"

三

今晚辛建国只喝了一杯酒就躺倒在床上了。他喜欢睡觉前把白天发生的事在脑子里梳理一遍，这是他以前工作时养成的习惯。医生的工作绝不允许他有半点差池。

他的睡眠很浅，一点声音都会把他惊醒，而无尽的困意把他往睡眠里拖拽。他的眼睛眨巴眨巴，刚要闭合时突然感觉到了一种细微的、不易察觉的响动声从床底发出，那声音像是猫蹭在身上般柔软，从床板下传递过来，隔着一层木板，在他脊背处慢慢飘荡。他借着窗帘一条缝隙漏进来的光亮，看见一个小身板由一团黑影逐渐拉伸变长，直到站立起来。细长的斜线在他脚底消失了，让他又重新融入黑暗。那黑影立马回身朝辛建国望了望。辛建国在他回首的一瞬间及时闭上了眼睛，避免了眼神的碰撞。黑影停下不动了，辛建国觉得这一刻时间在裂变，由一秒变成两秒、四秒、八秒、十六秒……无限扩充，异常缓慢。这时屋子里安静极了，辛建国都能听到自己心跳的声音。

黑暗中，辛建国均匀的呼吸声让站立的黑影终于放了心。黑影非常慢、非常轻地走到辛建国的床头，把辛建国的裤子拿起来，手伸进裤袋里摸了半天，发现除了一串钥匙，别的什么也没有，又伸向衣服的口袋，依然空空如也。他失望地把裤子放回床架上，又在上面放了几件衣服，看起来像是从来没动过的样子。辛建国只听到钥匙串"叮叮当当"的声音，在心里暗笑：臭小子，跟我玩儿，还嫩着呢。他强压下欲一纵而起抓他个现行的冲动，心想看看这黑影想玩什么花样。

当黑影确定自己并没有惊动辛建国后，他轻手轻脚地穿过房间，走到放小推车的外间。辛建国先是眼睛眯着一条缝看着这个黑影慢慢打开小推车的门，翻弄着袋子，把这些袋子一一放在地上后又去开抽屉。辛建国现在是睁大眼睛看着他。那小推车里，好像并没有他要找的东西。辛建国发现小黑影似乎有些气急败坏，拿起手推车上的什么东西，对着袋子猛一阵乱戳、乱剪。辛建国沉住气，依然不动声色。

可能是发泄完了，黑影又站起来，向卧室走去。辛建国有些紧张了，他怕这小东西手里拿着什么利器向他撒火。辛建国翻了个身，右腿撑在前方，做出蜷缩状。这动作突然吓得黑影跳了一下，卡在喉咙里的声音"咕噜"一声，还未来得及蹦出来就被捂住嘴巴，像突然被割断的细线般弹了一下。辛建国重新打起呼噜，黑影又渐渐恢复了先前的无畏，走到床头，摸出那把钥匙。

辛建国像沉睡时那样沉稳地呼吸着，只有眼睛始终盯着、斜睨着黑影。小鬼拿着那串钥匙一一投试，想要打开墙角处的一个柜子。

看来这小子早就侦查过了，辛建国在心里嘀咕着。他都有些佩服自己的耐心了，惊讶于自己的容忍。他记得自己曾经都不带怕地徒手与小偷搏斗，把小偷从他新买的自行车上一脚踹下，将小偷的双手反剪于身后，像包粽子似的锁住了他。

是的，现在他却有些怕了，那扇橱门像潘多拉的盒子，忧伤、悲痛、伤心、孤独、伤害、痛苦、后悔等多种情绪在橱门里孕育、发酵、慢慢壮大，形成一块心病压在辛建国的胸口上。每年他也只打开这橱柜一次，来缅怀过去。前不久，就是那孩子哭泣的那晚，他才打开这盒子一次。他真想跳起来告诉那孩子："不要打开，那里没有他要找的东西，真的没有，不要去打开，不要打开，不要打开……"

只听见"咯哒"一声，锁被打开了。两扇木质橱门，像个突然松懈下来站立不稳的人耷拉着垂下来的两只手，斜立在两边。黑影惊诧地看着里面的东西，毛孔都竖起来了，心想：诡谲，太诡异了。小白鞋，大大小小的小白鞋，被整齐地排放在橱柜隔板上。他吓得倒退了几步，还没来得及把橱门关上，也没来得及把钥匙放回原处，就逃之夭夭了。

四

好几天了，辛建国也没有再看见那黑影，不，是雷雷，也不知道他怎样了。没有找到他想要的东西却吓得失了魂，辛建国确实有些担心。

早上出门的时候，他还特意向朝西的两间平房看了看（那里是雷雷母子俩住的地方），黑洞洞的，没有一丝烟火气。窗台上有几片卷着的被晒干的叶子，要被一阵风吹散了似的颓败着。锅灶上黑漆漆的，有一种冷兵器的味道，拒人千里之外。

中午，辛建国坐在藤椅上打盹。碧蓝的天空，比瓷器釉面亮着光的颜色还澄澈，大团棉絮样的云蓬松地散落着。与天空一样澄澈的还有他梦中的一条河，他从未见过这么蓝、这么纯的河水，河底的水草幽幽地扩张，几条小鱼围着石头转圈。一位披着长发的女子正在给一个男孩洗澡，动作轻柔，女子低下头对着孩子说了些什么，男孩笑得身体一颤一颤的。一部分光透过他们的身体又折射回来，像那跳跃的笑声，水花里都荡着笑。他看不清楚他们的脸，可那些笑声勾引着他，令他忍不住上前去。他刚踏进水里，水位就瞬间上涨，河面也涌起一层浪，大旋涡顺时针地旋转，形成一个巨大的黑洞，直把人往黑洞里拉。他一个趔趄跌坐在水里，只听一阵劈头盖脸满是水的声音，等他好不容易站起身来，看见女子和孩子都被旋涡吸了进去，男孩招手呼救，他快步上前，却怎么也抓不住男孩的手。明明近在咫尺，他却怎么也抓不住男孩的手。

一种巨大的无力感向他袭来，在梦中，他知道自己已经醒来，可是身体怎么也动弹不了。他站在一旁，以鄙夷的眼神看着躺椅上的自己，憎恨地咬牙，他想站起来向另一个自己辩解，他掐手指，试着睁开眼，却都是无用功，最后又重重地沉浸到梦里去了。

"辛建国，辛建国，你醒醒。"有人摇晃了他一下。他像触电似的弹跳起来，心脏的血液直往脑袋上涌。他看了看眼前的这张脸，脸上堆满了笑，那笑让他的脸像没张开的帆，紧皱在一起。

"老张啊，有啥事吗？"辛建国倒是庆幸有人把他拉了回来。

"没事，没事，就是过来看看你。"辛建国就是不喜欢老张这样，半年来收一次房租，每次都说来看看他，辛建国心想，一个鳏夫有什么值得看的。

辛建国递给老张一支烟，转身回屋拿钱去了。辛建国把钱装在信封里递给老张时，老张的那支烟还没抽完。

"刚刚来的那对母子，是做什么的？"辛建国边说边把嘴巴撇向朝西的方向。

还有一小截烟头，老张含在嘴里，只见烟头一抖一抖的："他们啊，我听说，嗯……"老张的语气有些含含糊糊不肯透露的意思。

这更激起了辛建国的好奇："他们是什么人啊？"急得辛建国把老张的烟头夺过来往地上一扔。

老张觑了觑四周，发现没别人，便走上前去贴近辛建国的耳朵："他们母子，你可不要惹啊。那女人在这一带是有名的'专业碰瓷'，谁要是被她赖上了，可不得了。听说她男人砍死过人，早就坐牢去了。听说是在浙江一带呢……"

"你可千万不要跟别人说是我说的。"老张临走的时候，还有些心有余悸，不住地交代辛建国。

五

再次见到雷雷，辛建国发现他黑了，也瘦了。他想上去打声招呼，可雷雷像是不认识他一样，一闪身进屋了。雷雷打开煤气灶，倒油、放葱花、倒水、下面条，还不忘打一个鸡蛋，这一套动作，雷雷做得一气呵成，一看就是个老手。他把煮好的面条端到坐在床上的小妇人面前，小妇人拿开手机，狼吞虎咽地吃了起来。吃到一半，小妇人叫来角落里的雷雷，把那个鸡蛋夹到他的碗里："快吃快吃，你吃了好长身体。"

小妇人头上包着纱布，纱布上有一块地方渗着血迹，但早已干透，那是小妇人的勋章，有了这一个明显的标志，别人就再也不敢惹她。是啊，谁会跟一个玩儿命的人玩儿命，那不是聪明人干的事。辛建国这时才明白老张的慌张缘由。

小妇人放下碗筷的间隙，看见了窗格间辛建国的脸，破口大骂起来："你个老东西，看什么看，别以为见你那色鬼样，老娘就怕你了……"辛建国只听耳朵"嗡嗡"地响，突然脚底一滑，跌坐在地上了。

砂石路上依旧没什么人，一早就被铺上了金色的光，刺目，但不炎热。芦苇昂着头，左右摇摆着。辛建国浑身酸痛，昨天摔的那一跤还没缓过劲儿来。好在今天空气新鲜，他心情舒畅，想起昨天的事，真让他觉得好笑，心想自己当外科医生的时候，什么样的裸体没见过？老的、少的、男的、女的、紧致的、松弛的、漂亮的、丑陋的……在他眼里只不过是碳水化合物构成的纤维组织而已，怎么就被当成色狼了？

太阳快要升高时，辛建国已经走了两圈了。待到第三圈，他绕道穿过芦苇荡，到达河西岸，发现这里有个小土堆，好像更荒凉一些。

远远地，他看见雷雷拿着铁铲来了。显而易见雷雷并没有发现他。一群野麻雀"哄"的一声从芦苇荡中飞走，雷雷钻了进去。又密又厚的芦苇完全把他掩盖住了，从辛建国的位置观察，只能看见若隐若现的条纹和撅来撅去的屁股。

辛建国打算按兵不动，等雷雷走了以后再去看看他藏的宝贝。他像个狩猎者，一步步等着猎物闯进设好的圈套。他蹲在西岸，一动不动，像尊雕像。

终于忙完了，雷雷钻出芦苇荡，站起来时与细长的芦苇齐高。辛建国看得见他的后脑勺，只见他抬起袖子，擦了擦额头。雷雷抬脚准备离开，辛建国也站起来了，还未站稳，雷雷又慌里慌张地返回了。

辛建国只好继续蹲下。他终于知道蹲点的滋味了。干什么容易呀！他敲打着麻木的小腿时，又看见了那条纹衫和屁股。

这次雷雷抱着铁皮盒走出了芦苇荡，朝东走去，走向纵深处。难道是自己被发现，他引起警觉了？辛建国不能确定，他侧身向土堆后挪动。

沿着河堤，雷雷开挖了。原来这小子是怕被人发现，换了个藏东西之处。

滑头！辛建国在心里笑了一声。

因没有力气，雷雷试了几次，都没能把铁盒放进坑里。坑还不够大，不够深。雷雷低着头，继续挖。辛建国躲在土堆后听着铲子碰撞的声音。过了好一会儿，他才探出头来。

雷雷怎么跑到河里去了？辛建国见他身体直立在水中，很安静，睁着眼睛抬头看天，头发盖在额头上，嘴巴在水面上张着，不声不响。就这样，腿也不踢，手也不划。辛建国顺着雷雷的目光朝天望去，除了鸭蛋青透亮的天空，啥都没有。

不好！辛建国警觉起来，他喊了声"雷雷"，没有回应，又喊了声"雷雷"，依旧没有回应。他以百米冲刺的速度，投向河里。

"雷雷！雷雷！"辛建国把雷雷捞上来，他的声音像碰到火的冰，汽化了，蒸发了。没有人回应。他的手颤抖起来，一种久违的感觉再次产生。他想起了自己曾经拿手术刀的手，也曾像这样战栗不止，突然感觉脑袋里"嗡"的一声轰炸开了，像是站在轮船汽笛口，"嘀"的一声蒙住了他的耳朵，嘈嘈杂杂一片，人声、哭声、警笛声又一次蒙住了耳朵。后来，他看到了一个膨胀的变形严重的人影，他看到那个人影光着脚，就想把自己的鞋拖下来给他穿上，可他的脚太大了，他使劲儿挤压，想把鞋给套进去，可怎么也穿不进去。突然，他又想起了什么。他把衣服撩开，左胸上的那块胎记现在也异化变形浮在皮肤表皮上了。他跌坐在地上，不顾一切地呕吐起来。

"雷雷，雷雷。"那个早上辛建国在现实与幻境里不停地游走。他摸了摸雷雷的脉搏，"嘀嗒"地响动，又感觉了一下他的鼻息，呼吸也正常。辛建国抬起他的右胳膊放在头的一侧，将他的左手放在右肩上，让他的左腿弯曲。辛建国的双手放在雷雷的左肩及左膝上，然后翻转到右侧卧位。

做完这一切，辛建国突然悲从中来，放声大哭。

六

"慢点，别噎着。"看着雷雷的吃相，辛建国心疼道。

从鬼门关而回的雷雷，挑着眉对他笑着，这笑里有感激，有得意。

雷雷穿上辛建国的肥硕的衣服，感觉身体空荡荡地在里面晃。脚上的小白鞋发出耀眼的白。雷雷有些不自在。

"你别动，换一只手拿。"辛建国给雷雷挽起袖管，又拉上裤腿叠了好几道。左看看右看看，像在欣赏一幅佳作。

"拿来我看看。"辛建国朝向铁皮盒努着嘴。雷雷一把扑过去，护着盒子，不让辛建国靠近。

"我就看一眼，保证不拿你的东西。"雷雷思索了一会儿，犹疑了片刻，打开盒子堆到辛建国面前。

跟辛建国猜测的一样，盒子里就是个大杂烩，除了溜溜球、木质手枪、奖状、几张零散的毛票外，剩下的空间都被一元硬币占领了。

辛建国划拉了两下，捡起手枪拿眼睛瞄准他："砰砰……"雷雷顺势倒在那把破旧的藤椅上，笑得瘦弱的身体在空荡的衣服里直颤。

"你几岁啦？"辛建国趁着孩子高兴，提出了心中的疑惑。

"八岁。"雷雷说。

"八岁的孩子该上学了吧？"辛建国说。

"要等等的。我妈说的，等过一阵就送我去了。"

"哦。我也有个孩子，比你大一些。都上五年级了。"辛建国有些悲伤道。

"那明年就该上六年级了吧？"雷雷数着指头说。

"不，他明年还上五年级，他一直都上五年级。"

雷雷有些不明白其中深奥的部分。他拿起铁盖，卡在铁盒上。

"你搞那么多钱是为上学准备的吗？"辛建国看着铁盒问他。

雷雷忽然抬起头，眼睛亮得吓人，他大声地自豪地宣布："我要去缅甸。"

辛建国疑惑地看着雷雷："你去缅甸做什么？"

"我要找我爸！"

雷雷不管他的回答，继续说："我妈说，我爸去了浙江做生意。从我们这儿出发去浙江，要先坐汽车，然后再坐火车，最后坐船，才能找到我爸。我从未见过我爸，我妈说我和他是一个模子刻出来的，都有一双大眼睛。后来，我妈又说，我爸到缅甸去了，生意做大了。你看，我爸就是卖这个的。"他捡起盒子里的溜溜球，"就像这个，嗯，要比这个漂亮，闪闪亮亮的。"

"你看看。"说着他把溜溜球放到辛建国的眼睛前，"你这样看。"他用手捂住了辛建国的左眼，让他用右眼看。"好看吧？"雷雷的神情里有炫耀的光彩。"后来我就想坐飞机去看我爸了。我妈说了，飞机票很贵的，要好几千呢。我就慢慢攒着钱，想着总有一天会攒够的。上次他们把我的钱全抢走了，还说我是个没爸的野种。我要去找我爸，让他们瞧瞧，我是有爸的，我爸还是个大老板呢。你说是不是，谁能没有爸呢。小鸟有爸，小猫有爸，连小鱼都有爸爸，我要证明给他们看……"

雷雷滔滔不绝地说着，沉浸到自己的世界里去了。

雷雷回屋之前，辛建国轻轻抚摸了他的头发，手感软软的、毛茸茸的，像小雏鸡的绒毛。"你会见到你爸的。"辛建国说这话的时候，脸部的肌肉上下跳动，声音从胸腔底部发出来，沉沉的，重重的，像在做保证似的。

收紧的晚风在他周围轻浮而过。风穿过手掌，最细密的部分聚拢成团。辛建国想抓住什么，摊开了手掌，却什么都没有，不过那种柔软的感觉还在，一如雷雷的软发。

三十年了，他连最后的一次抚摸都不曾有过。那一天，他的儿子，唯一的儿子，从寄宿学校回到家，摊开手掌，向他要钱："下周一有广播体操比赛，全体学生要穿小白鞋。"这是他儿子最后跟他说的话。那一天，如果不是有台手术急着要做，如果不是老师打来电话说他逃学打游戏，如果不是他对儿子的不信任，如果一切的时间节点能够不那么紧密，他肯定愿意停下来听听儿子说的话。多少个夜晚，他重复做着掏钱的动作，希望能弥补过错。对着空旷旷的黑暗，他唯有哭泣、哭泣、哭泣。

月亮升高了，新文化家园门口的食客们没看见辛建国的身影，都失望而归。此时的辛建国，已躺在残破的藤椅上睡着了。今夜，他没有喝酒就睡着了。此刻的他是那么安详、平静，像婴儿般纯净明亮。

尺　蠖

一

　　站在巷口的槐树下，戴月觉得已恍如隔世。再次看到它时，戴月觉得有一条叫作"时间"的河流已经把他们无情地隔开了。明知可以看见这满树的白花，亦可嗅到这甜美的芬芳，但往事对她来说就像是一把握在手里的沙，一摊开，就只剩下零星的一点记忆。

　　离家只有半公里了。她走了几步又折返回来。她知道今天肯定少不了挨批，不，甚至挨打都有可能。她知道这么做是自投罗网，可又能怎样呢。这次是她自愿回来的，没有人捆着她摁着她押着她，她就这么厚颜无耻地回来了。她有些心虚，就像是从战场上逃回来的残兵败将，明明已被捏成了齑粉，却硬要伪装自己假装的坚强，将这坚强再次塑造成形，垒成一个人。

她厌恶自己，又有些怜惜自己。她想着自己的样子，一定是丑陋的变形的，就像一个被扭得不成形的三角魔方，怪异、丑陋。

这时，有个女人从她身边经过，她想起是她小学五年级时的同学，也住在这个巷子里。正当戴月窘迫得满面羞红不知道该如何应对时，发现这个女人的眼神没有一丝停留之意，竟没有半点认出她的意思地从她身边走过去了。戴月那挂在脸上的笑顿时就像掉进雪里化成了碎片。

她怎么又忘了，这四周的邻居不都视她为洪水猛兽吗？就算这同学认识她又能怎样？她还能与她打招呼不成？这么多年了，他们看得起她吗？有一次放学后回家，她在路上遇见了这位女同学，刚想说和她一起回家，这个女同学的妈妈就从远处跑来，把她接走了。她妈妈贴近女儿的耳朵，用一种她足以听见的声音说着："不要和她交朋友。"戴月很想去问问这位母亲，为什么不能和她交朋友，她的脸上写着"坏人"二字吗？戴月心想：有本事你一辈子不需要朋友，谁离开谁不能过啊，谁稀罕和你们交朋友！谁要想和你们交朋友谁就不是人！

她终究没有追上去理论。正值放学高峰，学生们像乱糟糟的音符一样散落在校园门口。她知道，所有的人都是一伙的，只有她是那个异类。她是酒精，别人是水，看着好像是一样的透明，其实只要稍微靠近，就能嗅出她身上的气味——浓烈、刺鼻，想遮掩都藏不住，那是与生俱来的味道，把她与水一样的他们远远地隔开了。校门口等待的家长，都是下班后来接孩子的，她知道永远不会有人来接她的，相反，她希望这些骑自行车接孩子的家长，半路上车都坏了才好，最好连轮子都坏了。她看着熙攘的人群，只能划拨出一条空隙，她从这缝里钻出来。这里的热闹从来都不属于她。

然而这热闹的余音还未结束，走着走着，她就会感觉到头皮在被什么拉扯着。经常有男生在半路揪她的头发，或者是在她后背狠狠地捶一下，等戴月忍着疼痛扭过头寻找肇事者时，往往会有一群男生拦住她的去路，一起哈哈大笑。他们像看一只着急的老鼠一样，看着她又急又跳咬牙切齿又无计可施，看着她四处碰壁又无处可逃。多年后，戴月才明白过来，原来他们早就知道了她的底牌，早就看穿了她的无能，才敢这么明目张胆地欺负她。他们知道没人给她托底，相反那个叫"戴志刚"的男人，与她一起代表了贫穷与低贱。他们本能地抵制着贫穷的人，不想与她有任何沾染，又不能容忍这种符号式的人物在他们眼前晃，于是在那段无聊的岁月里，她成了他们消遣的人物。

那天，她没做任何反抗，收起自己所有的表情，径直向家里走去。她走得极快，以致飞跑起来。她像一头小兽，跌跌撞撞地往家赶。进了家门也没有开灯，直接扑到床边，跪在地上，头钻进被窝号啕大哭起来。床单上顿时洇湿了一大片，她像只躺在干涸河床边的虾。她断断续续地哭完之后，在黑暗中瞪着眼看着天花板。戴志刚回到家，她也没起床。

戴志刚一看厨房冷锅冷灶的，就到处喊戴月。她躺在床上不理他。戴志刚问："你怎么没做饭呀？你看，我忙了一天了，回来也没个热饭吃。"戴月躺在床上依然不理他。

吃饭的时候，戴志刚看着双眼肿胀的戴月说："在学校要好好和别人相处，不要惹是生非，我们这样的人家是惹不起事的，若实在不行，总躲得起吧。"戴月将滴落的眼泪混着粥一起喝下去了。戴志刚看着她的样子，摇着头说："要是你妈在就好了。"

"别跟我提她。她在我们家情况就能改变了吗？她在我们家我就能不被欺负了吗？她为什么走啊，还不就是因为你！"戴月哭诉道。这时候的戴志刚，往往就不吱声了，他默默地收拾碗筷，收拾完后，拿着裤子走到东屋去了。他打开电视机，看着电视上花花绿绿的画面，将手里的线熟练地穿梭于裤脚之间，每次织完一条裤腿总是被他磨成毛边。他便将那毛毛刺刺的裤腿精心剪齐整，又用针密密地缝起来。光影映射过来，他的脸庞映现出斑驳的色彩。

多少个深夜里，她想起他，心口就会不由自主地疼。带着懊悔的情绪入睡，常常让她半夜醒来。她以为自己藏得很好，可心事还是会不由地蹦出来。她不知道戴志刚再次看到她会是什么反应。她心里没底。

只能死马当活马医了，痛痛快快的，死就死吧。想开了，戴月反而无所畏惧了。她带着一种悲壮的心情奔向那破败的小院。

"戴志刚……戴志刚……"

没有人！也许是声音不够洪亮。她收拾起怯懦的心，清了清嗓门，平复一下自己的情绪，再一次喊着："戴志刚……"

她又急又恼，拼尽全力拍打着门。那大铁门上锈迹斑斑，每拍一下，上面的铁屑像是头皮屑一样，簌簌往下落。

"戴志刚……你开门呀！你开开门。"戴月倚靠在门上，她在想：终于，连戴志刚都不要她了，她终于成了一个无家可归的孤儿了，不，或者说是有家不可归的一个孤儿！

黄昏的金色交融于冷冽的空气中，给四周镀上了一层清冷的气息。戴月的眼前浮现出一团一团的泡影，那泡影仿佛也染上了金色的光，使她感到炫目。

那团泡影的轮廓也越来越清晰。

二

戴月至今仍记得高三那年，那些跟自己死磕的日子。

戴月就像是上了发条的机器，不眠不休，像长期跑马拉松的人，知道在最后的时刻发力。她在与时间赛跑。如果爱因斯坦的相对论在她这里实践的话，她一方面希望时间过得慢一点，留足复习时间，巴不得把学过的所有知识再掘地三尺重新刨出来用考古学家的眼睛再细细看一遍，把上面的陈年灰尘擦去，只留下一眼见底的骨骼，让她来回反复地印刻于心。而另一方面，她又希望时间过得再快一点，再快一点，像一闪而过的流星那样转瞬即逝。

那几个月，她趁教室里没人的时候，就着白开水，把带来的馒头三下五除二地吃完了，为的就是节省吃饭的时间多看两眼书。夜里睡觉时她也从来不脱衣服，就那么钻进被窝睡两三个小时就爬起来继续战斗。站在时间的边缘，她知道自己没资格跟时间耍心眼，因一不小心她就会处于后悔莫及的境地。她耗不起。她只能借着高考这条绳索爬向通往外界的入口。她要离开这个自己已经生活了二十年的地方。

对这里，她太熟悉了。巷口的那棵槐树，一到夏天就缀满了一种叫"吊死鬼"的虫子。自从那次在额头上发现了蠕动的柔软的物体，每天放学后她都去看它们。一条条垂吊下来的虫子，在空中扭曲着身子，像个上吊垂死的长舌妇，样子难看又别扭。一阵风突袭而过，成群的青色、白色的"幽灵"被齐齐地挂在树上。下雨的时候，密密匝匝的"尸体"掉在地上，戴月身上的毛孔都炸开了。她最怕的就是这种蠕动的无脊椎动物。冬天，院墙外的风像长满触角的怪物，从窗口、门口的缝隙里往屋内钻，她在睡梦中都能感觉到冰冷的"尸骨"满屋都是。

她就是跟着戴志刚在这条巷子最尽头处的院子里长大的。这院子破败不堪，横放了各种东西：补胎的大皮、车轴上的钢圈、落满尘土的换下来的旧零件，还有一辆用不粘胶贴着"修车"两个字标牌的手推车。那两个字因长期的风吹雨淋，鲜红的颜色已经褪去，标牌那粉色发白的纸张翘着边角，像老太太似掉非掉的豁牙，一副风烛残年的样子。每次在大街上远远看见这修车摊，戴月不是顺着墙根走就是挤在人群身后，像只虾般顺着人流从戴志刚的眼前溜走。

可惜每次都不能如愿。戴志刚灵敏、迅捷地拎起长长的"虾须"，把她从人群里揪了出来："月月，来帮爸爸看摊。"这种时候，她就低着头慢慢踱向修车摊。

戴月站在修车摊旁，扒拉出一小块地方，开始写作业。有客人需要给车打气或者拿小零件时，她就先放下手里的作业，帮忙干活儿。

"你看看，戴老三，你好福气啊，有这么好的闺女！"

"戴老三，别说，你老婆给你留下的种真不错！"

"看看，戴老三，你小子有前后眼啊，当年把娃从尼姑庵门口又抱回来，啧啧……"

这时，戴志刚总是嘿嘿笑着，一副老实巴交的样子。戴月特别讨厌他的笑，干巴巴的，没有任何反驳的意愿。人家把他的底都揭出来了，他竟还笑得出来！

她打心眼里瞧不上戴志刚。如果她是母亲那个角色，也许也会像母亲那样，选择离开。谁愿意嫁给一个没出息的男人？她也永远记着人家说的"他曾把她送到尼姑庵去"。戴志刚也不想要她，所有人都想要抛弃她，既然如此，不如她先发制人，自己想法子离开。

戴志刚好像看出来什么了，经常有意无意地跟她说："儿不嫌母丑，狗不嫌家贫。""我没母亲，也不知道她丑不丑。"戴月这一句噎得戴志刚愣了半天。后来，戴志刚又没话找话说："子不嫌家贫。"戴月心想：不管家贫不贫，我始终是要离开这里的。要不，从小到大，我往死里学习是为了什么？

十年磨一剑，我磨了十二年的刀，砍一下能不见血吗？

戴志刚没想到戴月想砍伤自己，戴月越发觉得恨戴志刚没错。

戴月高考失利后，戴志刚好像很高兴，每晚还喝两杯小酒。戴月恨不得一头撞死，想着自己那么笃定地要走，怎么最后还让戴志刚小瞧了呢？看他哼着小曲，还"吱呀呀"地唱起了黄梅戏。黄梅戏原这么绵软的小调却化为"利剑"，直插她的心脏。她感觉自己的心、肝、肺、肠都搅在了一起，就那么扭啊扭啊越缠越紧，最后呼吸都困难了。

戴月躺在床上不吃不喝。晨曦的第一道光从窗口射进来，傍晚夕光渐暗，整个屋子又笼罩在一片死一样的寂静中。光影交替之刻，戴月在这间十来平方米的屋子里先是看到对自己抱有希望的班主任的目光，又看见那些考上的同学们的目光，他们的目光交叠聚拢在一起，向她射来，让这昏暗的房间，到处都充溢着冷兵器的味道。她还见到未曾谋面的母亲的目光，母亲就那样站在空中，俯视着自己，对她说："我就知道你是个没用的人，从你一出生我就看出你的无能，所以不如趁早扔下你，不用再拖累我，看来我的选择是对的。"后来，这些幻影都不见了。她听见渐渐清晰的脚步声，不用想就知道是戴志刚来了。他每天把放在床头柜上的饭菜换一遍，看一眼戴月就走开了。就在刚才，当他进屋的时候，看见戴月马上翻向墙面，便特意靠近往里望了望，此时戴月正好翻身，他们的目光就此交错，两个人都先是一愣，而后戴志刚又笑了。他怎么能笑了呢？在这种时刻，他怎么能这么若无其事地笑？而且每顿饭吃嘛嘛香。一团火燃烧成一条巨龙，从戴月的心底窜出来，"腾——"的一声，戴月从床上站起来，对着戴志刚居高临下一吼："笑什么笑，我不会死的，不会让你得逞的！"说着抓起戴志刚手里的碗，用手抓起饭来吃。戴月赌气似的一边吃着饭，一边还偷空斜睨着戴志刚。

戴志刚破天荒头一回这两天没有出摊在家陪着戴月。说是陪，其实就是监视。戴月想：你戴志刚太小看我了，难不成我会去自杀？我好不容易熬到这么大，还没出去看看呢，怎么就能死呢。不，我舍不得。好死不如赖活着。

"我要复读！"晚饭时，戴月冲着戴志刚下命令似的蹦出来一句。戴志刚慢悠悠地吃着菜，神色很笃定，好像早知道戴月会提这样的要求，又拿起酒杯来喝了一小口酒，嘴巴里"滋溜"的声音很是刺耳。戴月冒出这一句的时候，心里是发怵的，因复读的钱是需要戴志刚出的。这些年，戴月吃他的、喝他的、用他的，现在又平白多了一年的学费。他一个修车的，终日风里来雨里去的，能有几个钱？现在人家都买汽车了，还有几个人修自行车？她心里没底，但是输人不能输气势，她梗着脖子等戴志刚的回答。

"可以。"戴志刚的一副大将风度让戴月极度难过，原来自己可以这么厚颜无耻，明知道戴志刚没有几个钱，却可以这么理直气壮地要求他。戴志刚怕她有什么三长两短，在家准备好每顿饭放在床头，饭冷了就热，热了一次又一次，自己却要假装看不见，在心里编造可以说服自己的理由去恨他。自己是多么无耻的人哪！她为自己的行为感到后悔。这个世界上，除了戴志刚这个与她相依为命的人，自己还有谁呢，还有谁在乎过她呢。

"不过……"就在戴月转头回屋之刻，戴志刚说了一句。

就知道没那么简单！戴月刚生的羞愧之意，立马如一团看不见的云消逝不见了。戴月反身回来："不过什么？"她翻着白眼瞅着戴志刚。

"你的志愿由我来填！"

"不行，我的志愿凭什么由你来填写？又不是你上大学，关你什么事？"

"好好，不关我的事。那你的事我就不管了。"说着，戴志刚收拾了碗筷，回了房间，把戴月一个人丢在那里。

三

窗外的月色越发明亮，沉睡的家具似乎都复活了。少了一条腿的五斗柜，好像是浮在空气中，不用借助那一块砖也能轻松自如地站立着。脱了皮的小桌子在月光下似乎更白了，褪去了白天时的土气，摇身一变成为了"淑女"。朦胧夜色中，它们似乎在对着戴月说："你像我们一样，白天只能丑陋地活着，被人嫌恶地卑微地活着，只有在这月色中，我们才能露出自己本来的面目，可是谁又能看见呢？谁又能在乎呢？"

戴月起了个大早，将煮上的小米粥慢慢搅拌、慢慢熬煮，直到上面起了一层薄薄的米皮。戴月还特意跑到巷口早点摊，买了两根油条、一包榨菜。做好这一切后她就拿着板凳坐在院子里读书，嘴巴"叽里呱啦"地背着书，耳朵却竖起来听东屋有什么动静。此刻的小院似乎被封在一个封闭的容器里，时间在这里也减慢了流动的速度，一分、一秒，时间像个伤员般拖长了滴血的腿，走得异常艰难。

终于，东屋有了响动，一阵"窸窸窣窣"的穿衣声，紧接着是那富有标志性的特有的吐痰声。每天早晨只要听到戴志刚这吐痰的声音，戴月就知道该起床了，这响声是独属于戴月的闹钟。推门出来的戴志刚看见戴月，先是一惊，后又装作若无其事的样子，那躲闪的眼神中，明显有克制的笑意。明知道这是人家张罗好的网，都能看见收口的绳子了，戴月却还是要往里跳。

戴月盛好一碗小米粥，小心地把带米皮的那碗递给戴志刚。戴志刚曾经说过，自己小时候有一回差点要饿死，幸亏一碗米汤救了他的命，自始至终他都记得那米皮的味道。之后不管什么粥，他都喜欢吃那一层黏黏的、薄薄的粥皮。戴志刚也没客气，直接端起粥，一边吹着热气一边"呼噜噜"地喝着，不时夹两根榨菜，"咯嘣咯嘣"地有劲儿嚼着，外加酥脆的油条。戴月漫不经心地吃着，不时偷看两眼戴志刚。可恶的戴志刚，明明用余光瞟了她一眼，却又那么轻而易举地将头埋入碗里。戴月看他那喝粥的滋润样，心想：不就是一碗粥吗，能比金子还金贵？看他那样，没出息！

"好吧好吧，到时志愿你填好了，你爱填什么就填什么好了。"戴月连声"爸"都懒得喊了。如果不是有求于他，她甚至都想要直呼他——"戴志刚"了。他最后的底牌也亮出来了，没有什么能失去的了，看他戴志刚还能玩什么花样。

只见戴志刚从口袋里掏出一张纸来，他把这张四方四正的纸张展开铺平，上面有个大大的标题——"戴月志愿填报声明"，标题下面就是诸如戴月的志愿由戴志刚全权代理之类的话。天呐，原来他早就料到自己会缴械投降的，昨晚就备好了这手，好你个戴志刚。戴月偏着头歪斜着看他，好像在看一个怪物，好像站在她面前的不是她认识了二十年的人，而是一个刚从湿淋淋的阴冷的水里浮出来的人。戴月感到后背一阵阴凉。他难道会读心术吗？还是昨晚跑进她的梦里去啦？盘算了一晚上的如意小九九，竟然被人一眼识破，并且一招致命。

戴月把这纸声明翻过来掉过去看了又看，生怕丢了一个字。她多希望这是一封情报间谍的信，看完后在阳光下晒一晒字迹就没了。她真的将这张纸在阳光下照了照，可是那些可恶的黑色蚂蚁一样的字依然一个都没少。这张纸多像是一张卖身契啊！戴月觉得自己活生生一个人却不能自主地决定自己的未来，自己还叫人吗？这跟行尸走肉有什么区别？戴月陷入深深的绝望中。

"你要是不想签就算了，就当没看过这个协议。"说着戴志刚把协议从戴月的手中抽走，作势要收到口袋里。戴月一把夺过来，迅速签上自己的名字，生怕戴志刚又反悔。

戴志刚接过这协议，看着上面的签名，脸上竭力隐藏的笑容像被雨水滋润过的花，以挡不住的势头绽放着。戴月这时才反应过来，自己已经实实在在地钻进戴志刚所设的网兜里了，可是再拿回来已是不可能了。她眼睁睁地看着那张卖身契已经落入戴志刚的手中了。此时，她听见自己的骨骼一节一节地断裂、散开，随着地心引力开始下沉，一直下沉，沉到自己再也无法让他们回归到的肉身中。她迅速转身回屋，"砰"地关上门，与此同时，她的眼泪掉下来，砸在地上，脆生生地响在她的心里。即便如此，她也绝不让戴志刚看见她流泪的样子。多年后她才明白，女人的泪水有毒，不仅会把男人给化了，就连女人自己也会在泪水中化为无形，催生她们自怨自艾的种子变得更加壮大。用袖子抹了抹泪水后，她捧起书来读。

这次重回到战场，她的铠甲穿得更厚。除了正常上课以外，她几乎无时无刻不泡在书本里。在复习班里，每个人都像是从战壕里爬出来的，灰头土脸，面如菜色。在上一次高考大军中他们都被甩了出来，这次他们不能再重蹈覆辙，一个个都铆足了劲儿往前赶。他们的成绩单，像一条条蛇一样，一条咬着一条，死也不松口。每次戴月都在"蛇"的颈部与腹部间来回摆动。有个同学真够绝的，把一本厚厚的英语词典都背下来了，还有一个同学把大学的微积分题都做了，连她明明只考上个二本的同桌，今年也死活不去，非要考上一本才挪窝。戴月看着他们，在心里直摇头：真都不是凡人，真都不是凡人，这些不是凡人的人，怎么都让她碰着了呢？

奇怪的事还有呢，戴志刚每天晚上只要收摊了，就回来在灯下看着一本书，来回翻看到都卷边了，同时还做着笔记。一个大字都不识几个的人，还做笔记，真是笑话。戴月从心里面就没瞧得起他。有一天，戴月实在是好奇得很，翻开那本书一看，原来是《高考志愿指南》。戴月心想：他真是魔怔了。签了协议还不够，还要天天研究这个，他到底想干吗？

熬过了寒冬，又越过了春天，在夏季到来之时，戴月再次投身战场。第一次时勇者无畏，第二次时戴月反而紧张得发抖，在前一天晚上就开始睡不着觉了，整夜翻来覆去，感觉身上就像是有千百只小蚂蚁在啃噬。她强迫自己入睡，又是数羊又是数星星，之后用毛巾遮住眼睛，像鸵鸟一样钻进被子，一个晚上换了十几种睡觉的姿势，终于在快看见天色已鱼肚白的时候，小睡了一会儿。醒后起来眼睛都是肿胀的。

戴月觉得自己可能注定是离不开这个小镇的。当她看到数学试卷的第一眼，这个念头就在脑海里挥之不去。二〇〇三年有史以来最难的数学试卷被她碰上了，做第一道选择题就花了她半小时，后面的那些重量级题目一个字都没写。可想而知，她是怎么离开考场的。

考完试，她一刻都没有停留地跑向屋后葳蕤的麦田。她感觉有头巨兽在她的五脏六腑翻江倒海，她在胸口拼命抓挠，想把那块难受的地方掏出来扔掉，但那块淤堵之处从腹腔一直延伸到胸腔，再到嗓子眼，怎么都咽不下去。她感到全身没有可以发泄的出口，只剩下两只挣扎的眼睛。她看了看天空，天上连一片云都没有，那苍穹似乎离她越来越近，像个透明的容器要把她盖住了。她觉得自己越来越小，越来越小，顺势蹲了下去。在低头的瞬间，她看到砸在泥土上的晶莹泪珠裹住了灰尘，即刻又被灰尘裹挟住。一滴、两滴……那些泪水以无法阻挡的汹涌态势从她眼中喷薄而出。她从两膝之间探出头来，像一条湿漉漉的蛇在侦探周围的环境，她确定没有其他人后，便肆无忌惮地号啕大哭。

四

天刚蒙蒙亮时，戴月就收拾了衣物，悄悄出门了。出门前她看了眼东屋，里面响彻着戴志刚的鼾声。那鼾声已经和这晨雾糅合在一起，晨雾带着清脆的喘息声伴着她离开了家。戴志刚是怎么也捆不住她的。她最后看着这个颓败的小院，感觉她就像在这个小院中长大的一株蒲公英，待到一阵风轻抚过后，她便张开双臂拥向天空，至于在空中再飞向哪里，戴月自己也不知道。她转过身，迈开决绝的步子。

月亮升得很高，泛出点点清光，那点点清光仿佛知道她要离开，像是在点燃巷口那棵老槐树使它弥散着幽香一样，竭力使出浑身解数，以最独特的味道，让她记住这最后一面。她站在树下，见一只青虫挂在一根丝上，青虫似乎睡着了。柔软胖腻的青虫，只依靠着这一根细弱游丝，说不定下一秒就会掉落被砸得粉碎。戴月想到了戴志刚，摇了摇头，心里冷笑一声。

人贵在有自知之明，难不成要等到成绩出来，让戴志刚再羞辱一次才离开？先发制人——这是戴月的人生信条。没有留下任何字条，戴月离开了那个她无时无刻不在想离开的家。她想着以后自己发达了，再衣锦还乡，到时一定要让戴志刚另眼相看。

看着车站攒动的人头，戴月像是栽进了湍急的河流中，像一尾小鱼苗，跟着鱼群随着暖流带向前顶着。售票窗口里端坐着漂亮的售票员，问了她好几次去哪里，她听到临近的人说出"云城"，也跟着机械地说出"云城"。

戴月背着自己唯一的一个行李包，最终置身于云城的车站。陌生、空洞、疲惫的面孔向她袭来，她再一次投入在湍急的"河流"中。河水转瞬间"哗啦啦"地流走，悄无声息，一下子所有人都走了，只剩下她如一块礁石般杵在那儿，不知道何去何从。于是，她像一块无人回收的石头滞留在空荡荡的车站广场。

她在广场上一圈一圈地徘徊，摸着口袋里唯一剩下的一百块钱，想着今晚应该要有个住处。她看着广场上的长椅，打定主意在这里过夜。六月的天气不算冷，将就一个晚上能省下不少钱呢，也许明天就能找到工作了，她心想。她把包当枕头，把衣服盖在身上，刚躺下没多久，车站的保安拿着手电筒照着她说："这里不能过夜，赶紧离开。"戴月连滚带爬地被赶出广场。她在街上走了半天，实在走不动了，见着路边有一处树木掩映下的草丛就钻了进去。星光之下，她仰着脸，摊在草地上，感到自己浑身的骨头僵硬松脆，再多走一步她就能听见骨头"咯嘣"碎掉的声音。她熟悉了周围的黑暗后，听觉似乎也张开触角，她听见一种类似吸水的声音，定睛一看，两团离她不远的黑影拥抱在一起互相啃噬彼此。伴随着他们的喘息声，她觉得自己也被压在这暗影中间，被他们抓来啃去，心跳得厉害，好像在这黑暗中她才是犯罪的主角。她不敢再停留一分钟，趁人没发现，赶紧抓起背包逃走了。

　　半小时后，她终于找到了一家便宜的旅馆。这家旅馆在一个小区里面，如果不是门口有个中年妇女引导，她是怎么都不会找到这样的一个住处的。二十元一晚，正是最适合她的价钱。中年妇女热情周到的态度，让她稍微安心了些，"保证不会乱收费的"，这句话也给她打了一剂强心针。

　　当她看到逼仄幽暗的房间、胡乱摆放的破旧家具以及床上油腻发黄的枕巾时，她还是心生恐慌，尤其是当她看到床头上方挂着的一幅劣质工艺批量生产出来的油画，色彩阴森诡异，人物眼神歪扭仿佛一直盯着她看。这里连二十元钱也不值，她想道。正当她想要走出这里的时候，那中年妇女的脸色顿时拉了下来："你这小姑娘，怎么回事？说来就来，说走就走？你看我把你带进来的一路上丢失了多少顾客？你得赔我损失。"戴月心想：终于讹人了。"那你要多少赔偿费啊？""十块。"中年妇女拉着她的胳膊不放。"什么？住宿二十块，我看一下房间就十块？这也太坑人了吧？"戴月试图挣脱她的纠缠。"那当然了，我这一晚上也不能白干啊。你要是不住了，我今晚就没提成了。"中年妇女不依不饶。"好好好，我要换个房间。"戴月始终未能扯开她的手，只能暂时服软。中年妇女一看戴月不走了，即刻恢复了招牌式的笑容：

"早说嘛，来来来，随你挑。一层楼上几乎都是空房间。"戴月终于选了一个没有画的房间。

毫无疑问，这一晚上戴月都没睡好。刚躺下没多久，就浑身奇痒难忍。她抓抓脖子，挠挠大腿，后来只要是裸露在外的皮肤都开始发痒。她在心里咒骂着中年妇女，走近镜子前一看，红疙瘩密匝匝地挤在她脖子上、脸上，像棵老树身上凸起的疤痕。她打开淋浴喷头，花洒滴油似的流出水流淋过她的头发，如淅淅沥沥的小雨般沾湿她的身体。此时，她感觉自己像一只被拎了出来的落汤鸡。

这次她把衣服裹得紧紧的，脖子上也围了条裤子，木乃伊似的缠绕让她尽可能避免与床单亲密接触。躺在黑暗中，她开始思念那个破败的院子。此时有口热饭、能洗个热水澡对她来说都近乎奢侈。如果不是自己那可怜的自尊心作祟，那个小院还是一个很好的温室的，戴志刚与她再怎么气息不和，也不会让她睡在这么个脏兮兮的地方，她心想。可是，在那儿还没待够吗？二十年来，受尽别人的冷眼，还不自知吗？从小就揪她小辫的男孩以及那些像躲瘟疫一样怕她的土气传染给自己的女孩。他们的趾高气扬，不都是一种精神上的碾压吗？还没受够？命运不心疼她，她就自己心疼自己。她仿佛化身成一个骑着战马的女将军，四面挤压着想看她笑话的人，她就是把骨头作为武器也要突出重围。到时候，她作为一个成功人士出现在这些人面前，羡慕的、嫉妒的、崇拜的眼神会托着她步入那破败的院子。她手一挥，小院就立刻变成金碧辉煌的宫殿一般的别墅。"戴老三，这丫头真没白养！"她似乎看见了那些艳羡的目光向她射来，照得她通体透亮。戴月躺在促狭的黑暗空间，为自己想象出来的前途笑了，笑着笑着，泪就出来了。

好不容易在迷糊中熬到了天亮。其实天没亮时她的肚子就叫了。生存问题的第一要务就是吃饱饭，没有比这个更重要的了。是啊，没有什么比活着更实际的了，她数了数口袋里的钞票，少得可怜，戴月像是个亲手把女儿嫁出去的老母亲，每出去一张，心就跟着揪疼一下。坐在一家早餐铺，她只要了一个包子，却喝了三大碗粥，因为粥是可以无限续的，她打算把一天的饭都浓缩到这一顿。在老板娘目光嫌恶的注视下，她挺着肚皮出了门。刚才还想着在这家包子铺做个服务员呢，可是老板娘也太抠门了，又不是没付钱，贴着的红纸上明明写着"只收一碗的钱"，呸，这样的服务态度，谁要给你打工，活该一个人忙死！戴月在心里骂道。

连续比较了几家，戴月总结出了一点心得——要包吃住。兜里残存的几张钞票也喘息不了多久了，不要说一个月，一个星期她也撑不下去了。那小宾馆她是不想再回去了，她要尽快找个安身立命的地方。一整个上午她在街头不停地转悠。虽说日光始终盯着她的背，但她总觉得心里有个地方如冰块般坚硬。难道自己就这样像个孤魂般在这陌生的街头晃荡吗？遭到了两家宾馆、一家饭店的无情拒绝后，她的心理防线一再坍塌。肯定不能像乞丐一样去露宿街头。她看着街上的人，希望能从他们的脸上看出招工启事的欲求，也巴不得他们能从她的眼睛里看出什么来，然后主动过来说："跟我走吧，我需要你！"

她走着走着，忽然就嘲笑起自己来。原来至今她还在要着面子。明明是自己快要绝望了，却希望别人主动提出请求，避免她可笑的自尊心被当面揭露。哪怕她的脸已是千疮百孔，却依然不愿扯下那块遮羞布。她明白了，她现在所处的境地，完全是她咎由自取。

五

她在一家报刊亭买来当地的报纸。她像发现一处矿藏一样，因为五花八门的工作信息都藏匿其中，有一条信息引起了她的注意：

性别：女。

学历：高中。

要求：声音甜美，能说会道。

她逐字逐句一一对照自己，全中！特别是最后一条。从小人家就说她读书声音好听，富有磁性。磁性是什么？就是能把人吸引过来的一种力量，就像做买卖人的吆喝声，一个破锣嗓子怎么行呢，把人都吓跑了，还做什么生意？况且，工作要求中没有明确长相需求，从小她就与漂亮绝缘，人家夸她最多的就是懂事、文静，像个后缀词般再勉强加个聪明。一阵窃喜后，她照着上面的电话打了过去，接电话的男子倒是很热情，介绍了工作性质就是接接电话、动动嘴皮子，关键是要把对方的保单拿下。原来是电话保险接听员。

戴月心里"咚"地跳了一下，像是有个东西往下坠去。接线员就接线员吧，总归是有个去处了，她心想。接着，她又小心翼翼地在心里撕开一道口子，慢慢把话往里塞："有住的地方吗？""有的，我们是包住的，但是不包吃。"男人的话从电话那边飘过来，一直飘进她的脑袋里。这个也可以吧，总比露宿街头好吧。戴月安慰着自己。"那我什么时候可以上班呢？""现在就可以来啊……不过你要先交五百元押金。"

心里那根弦终于崩断了，在那深不见底的黑暗中，连一点回音都没有。挂了电话的戴月，感觉头"嗡嗡"直响。她早该知道，天上没有馅饼会砸在她身上的。就她的出身而言，没有被当成一块破饼、烂饼扔掉，就是天大的恩赐了。还妄想什么呢？

终于，她又把已揉烂的报纸铺平展开，从角落里捡来一个砖块，自己像个雕塑一样坐在上面，看着报纸上的每一条招工启事。像挑一筐烂桃子一样，一家坐落在城郊的电子厂，被她捡了出来。问了两三个人后，她乘着"724"公交，一路颠簸来到了电子厂。

看到厂子的招牌上写着"天晴电子厂"，她盯着这几个字愣了半天，总觉得后背发凉，似乎有个人在她头顶上盯着她看。她觉得奇怪，怎么会有这么阴森恐怖的感觉呢？想了半天，终于看出玄机了。原来这几个字，是在大理石上雕刻的，又被涂抹上了黑色的粉，看起来多像墓碑上的字啊。站在阳光下，她哆嗦了一下。如果换成红色的字呢？她又多想了一法，结果还是不行，多像死人出礼簿上密匝匝的血红的字。正想打退堂鼓时，一只手在她背后拍了她一下。她吓了一大跳，转过头一看，不知什么时候一个头发花白的老女人已站在她的身后，女人是长条干瘦的身材，齐耳短发，穿着一件有些年代感的花衬衫、黑裤子和一双黑布鞋。老女人冲她一笑时脸上的皱纹挤在一起，眼睛都陷进去了。身后渐落的夕阳，带着黄色的光晕，更添了分邪气。

老女人没有在意戴月的眼神，自顾自地说："你是来找工作的吧。快进来吧。我们今天休息，厂里的人大多都出去了，只留下一个会计值班。幸亏你遇到我了，我带你进去吧。"说着就要扯戴月的背包。

"还是我自己来吧。"戴月捂着自己的背包说，"我自己可以的。"可是老女人根本不管这些："没事，我有的是力气。你们小姑娘年纪轻，没干过重活儿，没有力气。"说着就扯下戴月的包，径直往厂里走去。"哎，哎，哎。"戴月跟在老女人的后面，样子就像是被一根绳子牵动的狗，也不知道去往哪里。

经过一番七拐八绕，在一排平房的第三间，老女人停下了，敲门而入，屋里的三个女人同时抬眼，六只眼睛一齐向门口望去，其中两个女人脸上的谄媚之色还没来得及收回，像被一只钉子钉住似的挂在脸上。"什么人？"坐在最里面的卷发女人对着老女人说。老女人笑盈盈地凑上去："慧会计，这是我们家侄女，手脚勤快得很。"戴月靠在门边上，像一个被安放在聚焦灯下的小丑，等待着被众人观看、嘲笑。卷发女人盯着她看了一会儿："你会什么呀？以前做过这活儿

吗？"戴月茫然地摇摇头。卷发女人皱着眉看了一眼老女人，
老女人忙不迭地说："娃什么都能学的。"卷发女人像是抓着
什么把柄一样听到"学"字，赶紧说："那就做个学徒吧。
前三个月的学徒期没有工资，但包吃包住。从第四个月开始
发你工资，以后加班还有加班费。去吧。"

戴月像只被驱逐的狗一样默默离开了。在关上门的一瞬
间，她听到屋里的笑声。她想只能这样了，要不只能去做流
浪狗了。

老女人姓贾，叫贾梅。贾梅告诉她："这个厂是家服装
加工厂，她们干的是流水线上的活儿。每个人只做一道工序：
将两片布重叠，放在机器上过一遍针线。"说话间，贾梅就把
床铺铺好了，又从外面打了一壶水，泡了一碗泡面。在等待
的间隙，她们就把话聊开了。

这些天来，戴月见了多少白眼、冷眼、斜眼，这些目光
刺在她的心上，又渗进她的皮肤里制成一件铠甲，让她反过
来披在身上像个刺猬般见个人就拔出针去刺。没人了解她的
胆怯与害怕，她像个卫士一样，守卫着自己的信仰，她只能
咬着牙往前蹭。她怕一旦信仰坍塌，前面的路也就跟着不在
了。此刻，她的信仰像处发炎的伤口，她却也只能努力地用
一层皮把它包起来。

"你多大了？"贾梅的话音轻轻柔柔的，像极了这滞暖的
灯光，灯光包裹着她的慈爱，"你家里还有什么人呀？"从胸
腔里出来的声音，夹杂着特有的音色，从她的嘴巴里冒出
来时就好听。不得不说，贾梅不仅是个循循善诱的引语

者，更是一个全神贯注的聆听者。在这个世界上，从没有一个人能够走进戴月的内心，那天晚上，她却觉得她与贾梅融为了一体。她相信，她的伤痛、她的难过，贾梅是一清二楚的，要不怎么在戴月叙述的时候，贾梅竟然哭得比她还凶？

戴月坐在电动缝纫机前，一种巨大的绝望感正向她气势汹汹地袭来。这绝望化成无数只蚂蚁，咬着她的手、脚、脑、心，使她浑身燥热。她看见呜呜作响的机器，心里的那股劲儿就先跑了，她像个走风漏气的气球一样，怎么拍都跳不起来。知道两片布怎么拼接了，却又忘了踩脚下的开关。待启动按钮，看着"咔咔"跑动的针线，手上却又慌了。她觉得像牙齿一样的钢针，总在她手上滚动。她看着人家手脚并用，眼睛都不抬一下，顺手就在空中完成两块布片的交合，然后放在钢针下，整套动作像拉着孩子过马路一样的轻松。手脚像在偌大的布匹汇成的河流中欢快畅游。宽大的车间空旷凉爽，戴月后背的汗却一阵接着一阵地流，像小溪涌浪似的，头也昏昏的，一度让戴月觉得自己没考上大学是对的，自己的智商肯定是有问题的。黑暗中她鼻子一酸，趁着没人偷偷在眼睛上抹了一把泪。

终于熬到吃饭时间了。一出车间门迎头就看到贾梅在等她。贾梅看着她的眼睛，立刻就明白了，拉着她说："没关系，过两天就好了。"

吃饭时，戴月的碗里多了一个鸡腿，她刚要还回去，贾梅说："我这两天发牙火了，咬不动这个，你帮我吃了吧。"

说完夹了一块豆腐放进嘴里。戴月看了看贾梅，心里暗暗发誓：等自己混好了，一定报答她。

六

经过一段时间的修炼，戴月终于做得有些起色了。虽说动作不快，但至少是能独立完成一道工序了。每天忙得像踩着一团云似的发飘，回到宿舍倒头就睡。日日不断地重复，像极了西西弗斯。一堆小山一样的半成品刚被愚公一样的她铲平，像突然从地底下生出来一样又来了一堆，没完没了，没完没了……她感觉自己是长在这机器上的一摊肉，与这机器镶在一起了。她想起肉摊上的猪肉，不，还不如人家猪肉呢，至少人家是明码标价，而她呢？免费。试用期有三个月，三个月呐！那是整整九十天，九十个太阳升起和太阳落下的轮回，可她就是要这样白白给人家使用！难道这就是她要离开家的目的？要白给人家使用，这就是她要的所谓的自由？自己是不是天生爱犯贱呢，怎么跑到这里来受这个罪？

这天晚上，戴月再也睡不着了。看着窗外硕大宁静的月亮，她想到家里的那棵老槐树，以及月亮下幽秘的暗香浮动，她久久地回味，静静地泪流满面。月色的暗影爬进窗格，光影斑驳地照着她的身体，她紧紧抱着自己，好像又给自己覆着一层温暖。后来，她又想起她今年已经二十了，原可以通过高考走进体面人的生活，可现在，唯一的路已经被堵死了，怎么可能再开个小窗给她翻呢。能开小窗的人，也都是有开窗工具的人。想着这些，她伸开手掌，握住，再伸开，再握住，放到眼前，打开，依然什么都没有。轻如尘埃的她，还在想着自由、理想？多可笑，就像一个满身污秽的乞丐盯着一栋别墅，问这个房子什么时候才是他的。就着明亮的月光，她能感受到自己浮动的嘴角。这一笑，差点溢了出来。显然，这些已经不重要了。

回去已不可能了。就算戴志刚接纳了她，当然只要她回去，戴志刚肯定会接纳她的。但是又能怎样呢？还不是也要想办法养活自己。难不成也去修车？这些戴月在出来的那天晚上都想过了，就像个死结一样，永远无法打开。

一整夜的胡思乱想，打乱了戴月的工作节奏。由于她频频出错，导致返工不断，严重影响了他们这一组的进度，好多人都已经做完了手里的活儿，就等着她呢。一条生产线，就她一个人被埋在小山一样的半成品中。她听见了嗑瓜子的声音、起身去厕所的声音，更甚有一些抱怨声。她不敢抬头去确定那些声音的出处。她的脸像被放在煎锅上烤过一样，慢慢膨胀变大，不需用手去碰，她都知道脸颊通红发烫。

她越急越慌，手脚在打战，全身僵直麻木。看着眼前黑压压的半成品，她感到像是掉进了一个网布织成的黑洞里。幽深的黑洞底部软绵绵的，踩在上面松软柔滑，她好想就钻进去不出来了。就在戴月胡思乱想之际，她的手顺着机器的转动，指甲陷进了转动的钢针里，因速度太快，在她还没感觉到疼痛时，手指就又随着机器被甩了出来。当戴月醒过来时，发现手指已是一片模糊的血肉。

"贾姨，你歇着吧。"看着忙来忙去的贾梅，躺在床上的戴月很是过意不去。"没事，你躺着好了，这事不会就这么过去的。我一定帮你讨回公道。就赔一个月的工资怎么能行？"贾梅说着话，手上还洗着戴月换下来的脏衣服。

戴月鼻子一酸，眼泪又下来了。一个星期以来，贾梅对她真可说是细致入微，不让她下床不说，就连饭都端到床上吃。戴月跟贾梅说："我只是手指伤了，又不是不能下床，我没那么娇贵的。"可是贾梅就是不听，依然让她卧床吃饭。为了减少麻烦贾梅的次数，戴月只能刻意减少饭量，减少喝水的次数。

"你为什么对我这么好啊？"望着贾梅的身影，戴月不知怎么突然冒出了这句话。贾梅好半天没有说话，但已停止了手上搓衣服的动作。

"这不打紧。"转过身来的贾梅，一脸水光，把戴月惊得坐了起来。贾梅一看这情形，赶紧擦擦眼泪，脸上的尴尬瞬间收回了，她看着戴月说："孩子，自从我看见你第一眼起，我就感觉你是个身世可怜的人，总让我想起我自己小的时候，如果有个人能关心我爱护我的话，我应该也不会沦落到如此地步。在我们村，像我这年纪的人哪个不是抱着孙子享福啦，你看，只有我这样的，还在这个地方给人家打工。其实那天我给你的泡面，是我想带回家给我儿子吃的，他从来没有尝过泡面的滋味。孩子，我看着你，就心疼。"

戴月听到她说"孩子，孩子"，她竟这样叫着自己。心里最柔软的地方仿佛被轻轻地刺了一下。是啊，一个人在外闯荡，有个人这样无私地付出自己的真心，她竟然还在怀疑这个人的用心，真的是不应该，她为自己心灵的龌龊感到不齿。她怎么能这样呢？哪一个人活在这世界上容易呢？能找个互相取暖的人不是一件好事吗？为什么她就是这样一个随便乱扎刺的人呢？

贾梅看到她的眼泪，赶紧用粗壮的手掌擦了擦。两人触碰的一瞬，戴月觉得这手掌的皮肤像是凹凸不平的老树表皮一样，划得她生疼。她把这手掌握在手里，轻轻地抚摸道："贾姨，以后你就是我的亲人，我最亲最亲的人。"贾梅看着她，反握住她的手，使劲儿抓着，像是要为自己的失落寻找一个支撑点。从贾梅的眼睛里，戴月读懂了她的脆弱和柔腻。

为了戴月的赔偿费，贾梅简直要豁出命去。贾梅找到厂领导，要求赔偿伤残费、误工费，还要求补齐工资。厂领导说："医疗费我们出。误工费应该是她赔偿我们才是。好不容易来了一个学徒，刚教会了活儿，现在又出这事，我这条生产线上耽误了多少事情！应该是她赔偿我才是。"贾梅一听这话，自己的活儿也不干了，天天就坐在厂领导的办公室里。领导干啥她干啥，领导出去开会，她就在门口等，领导回来后就缠着领导。再后来贾梅带着戴月，一起在工厂门口拉了个横幅，横幅上写着"无良老板，伤天害理"。

手指肿胀的戴月，像个木偶一样被贾梅安置在横幅下。一会儿贾梅充当演说家，一会儿又充当苦情妇。经过长期的配合，她们之间已经有了无言的默契。当贾梅说到工厂假借学徒工之名来克扣员工工资，又不签订合同，让她们有冤无处可诉时，戴月就竖起布满鲜血的用纱布缠着的手指，又怕别人不相信，有时她还会把纱布抽掉，直接露出伤口未愈合的指头，那指头就像是一个被封住的嘴巴，说不出话来，只能用自己的赤身来控诉。这时的戴月眼泪就会顺着脸颊流下来。如果她一天哭的次数多了，贾梅就会拿出给她准备的保温杯，对她说："多喝点，多喝点，一会儿好有力气。"

到后来，厂领导被她们缠得不行，最后直接摊牌："一次性赔偿戴月五千元。贾梅和戴月一起滚蛋。算是我倒了霉了。"

她们有种终成英雄的感觉。她们要为这几天以来的不易，找到发泄的出口，她们此刻太需要宣泄了，所以当戴月提议要去城里喝一杯的时候，贾梅也没有做过多的推辞。

戴月很慷慨地选择了一家上档次的川菜馆。她们像是闯入了一片热闹的池塘，感受着人声鼎沸的气氛。戴月对着服务员喊："上几个特色菜。"服务员麻利地从厨房里端出一盆剁椒鱼头，放在桌上。"要点什么酒？"戴月转向贾梅，"咱们整点黄的吧。"服务员先用一瓶黄酒和一盆剁椒鱼头把她俩固定住了。

戴月端着酒杯一次次地敬着贾梅："贾阿姨，我跟您说，从小到大，从来没有一个人对我这么好过。贾阿姨，我一辈子都不会忘了您的，您在我心中比我妈还重要，不，我从来没见过我妈，您比我爸戴志刚都好。贾阿姨，我告诉您一个秘密，您可千万不要笑啊！我在梦里叫过您妈妈呢……"借着酒劲儿，戴月像只青蛙般希望能在这池塘一样的菜馆，独奏出一曲动听的悲怆之歌。事后，她常想那晚是否被自己的自说自话给感动了，要不怎么会那样回答那样不过脑子呢？

贾梅带着几分醉意，对戴月说："既然你这么不愿意和我分开，要不你住我家吧，你的伤还没好，等你好了之后再出来闯荡吧。"

七

一老一小离开云城，走在回乡的路上。看着滚滚席卷的烟尘，戴月觉得跟自己的家也差不多，又赶了一阵路，映现在她眼前的是大片的油菜地。大片大片的黄肆无忌惮地抖擞着，像给青蓝的天空燃着一把金亮的火，明晃晃地即将要把一切吞噬似的。远处有个山坡，山坡上有个房子。贾梅指着那红色的房顶说："瞧，那就是我们的家。"在这里，她说"我们的家"，似乎她们已经成为一家人了。这种说法让戴月觉得一切都是那么亲切自然。那房子近在眼前，可她们却走了几十里地。绕过一条宽阔的河流，她们才爬上山坡。这里绿草丰沛，可能是因有河流滋养，似乎山脚下的这片草地颜色更深，叶片也更颀长，从山顶倾泻而下，与山下平原处的麦地连成一片，青黄交映。阳光从云端洒落下来，跳跃在正被灌浆的麦穗上。空气清澈，带着泥土的清香，灌入戴月的心扉。

"贾姨，我真是太喜欢这里了，简直美得让人窒息。"戴月兴奋地在草地上跑了一圈，而后顺势躺在草地上不肯起来，随意拥着天空中蓬松雪白的云，那云像她的皮肤一样透白发亮。贾梅也跟着"咯咯"笑起来："快点起来吧，你看我的竹青来了，从奶奶家回来早早等着我们呢。"

戴月慌忙地站起身来，只见迎面的山上站着一个年轻的男人。怎么说呢，最先让戴月印象深刻的是他的眼睛。背阴的地方没有亮光，可那双大眼睛忽闪闪的，像个自带发光体的生物，在黝黑的海底都能闪耀着光芒。她感到这双清澈无瑕疵的眼睛是世界上最干净、最明洁的地方，她差点要掉进去了。她拍了拍身上的青草碎屑，竟有些不知所措地扭捏起来。贾梅拉过戴月，说："看，这是我的儿子竹青。"戴月又抬头看了一眼，只见竹青穿着一件蓝色条纹的海魂衫，配着一条牛仔裤，一张圆脸上方利索的板寸发型显得整个人特别精神。戴月的心里"咯噔"一下，好像被电触了一下，有种麻麻的感觉。戴月顺着山坡爬了上去，竹青冲她笑，一直冲她笑。后来戴月转了个方向，竹青也跟着转了方向继续冲她笑，一直就那么笑着，笑得戴月心里感觉像慢慢爬上藤蔓般迷惑。

贾梅从后面跃上来，横亘在他俩中间，后背对着戴月，但戴月也知道那话是对着她说的："他喜欢你呢！"也许竹青是听懂了"喜欢"这个词，一下子扑到贾梅的怀里，"啊啊啊"地大声喊起来。贾梅对着他耳朵小声说了一句："什么？"竹青的头从贾梅的怀里探出来，看了看戴月，又笑了。

这样的笑容与那样的眼睛，世上再没有这样神奇的组合了，就像穿着比基尼在演奏歌剧。她突然明白了，怪不得第一眼见到竹青就觉得奇怪，一个孩子的眼睛长在一个成人的脸上，那必定伴随着孩子一样的脑袋。原来是个智障，她竟然对着一个智障在扭捏，在害羞！想到这里，戴月觉得自己怎么这样变态，像没见过男人似的。现在她的脸更红了。

戴月跟在两人的身后向他们家走去。一路上，竹青时不时回头看戴月一眼，不待戴月回应，就扭头笑了。一开始，戴月还敷衍着回应他，后来，戴月移开眼睛，看着山坡下的一棵树。那是一棵更葳蕤、更茂密的老槐树。只见像是成精了一样的树皮、暗灰色的树干、嶙峋的结节，树冠上的绿倒像是从天上接引下来的，与天连成一片。

三个人终于走到那间红房顶的屋子前了。这是所破败的木质结构的房子，屋梁上粗壮的橡木已裂了很大的口子，木门、木窗散发着梅雨过后的潮湿气味，房梁上悬下一根灯绳，绳子下是一团幽暗的黄晕。桌子的一条腿下用砖石垫着，像是个坐不正的歪头乞丐。

"你们先坐着，我去做饭。"贾梅说着就去隔壁的厨房了。暮色四合，黑暗在这间屋里渐渐弥散开来，倒显得这团黄晕更温暖了些。戴月坐在板凳上，像个被安置在道具上的娃娃，毕恭毕敬地坐着，像个认真听课的小学生。她一会儿看看墙上的挂历，只见上面结着蛛网却不见蜘蛛的身影；一会儿又看看墙角的化肥袋，一个个鼓胀胀的，一袋垒着一袋，架得很高，都快接近房顶了。戴月猜想袋子里面应该是粮食。戴月的目光巡觑了四周好几遍，可就是不看竹青，不用想也知道，竹青现在还是在冲着她笑，那笑可以把她摔成一块薄饼，若再戳几个洞，戴月自己发酵出的燥热就能把自己给烘熟了。

接着是一阵寂静，那笑声突然又没了，就像是沉入深邃不见底的大海中，连波纹都不见了，只是一片平静。戴月转头看了四周一遍，再次确认竹青不见了。她起身去了东屋，推开门，还是没有人。她突然站住了，仔细听着，好像有类似咬东西的声音，她又往里走了两步，靠墙床边处正撅着一个人影，原来是竹青。他整个人半跪在地上，一只手弯曲着撑在地上，另一只手在床底下掏着，半边脸紧贴地面。戴月听到有手指滑动铁皮的声音。"你在干什么呢？"戴月忍不住好奇问道。"姐姐，我在找我的宝贝呢。"戴月弯下腰来，看见一个铁皮饼干盒在床底的角落里。他的手只能够碰到铁皮盒的边，碰一下推一下，最后铁皮盒离他越来越远。戴月说："你等一下。"说着就从外面找来一把扫帚，用它把铁皮盒捅出来了。

竹青头上冒着一层水光，背对着戴月，把盒子打开，从里面拿出了什么出来，接着又把盒子关上。他的一系列动作，戴月都看在眼里，可戴月觉得很神秘呢。他把手藏在背后，来到戴月面前："姐姐，你猜我的手里是什么呀？"戴月心想，一个小屁孩手里能有什么呀。"糖。"戴月笑着回答。"不对，不对，你再猜猜。""那就是手枪。""还是不对，你再猜猜。"连续猜了好几个回合，戴月都没有猜中，这更引起戴月的好奇心了。这个小屁孩智商的人，还能有什么秘密不成？

戴月实在猜不出来，就问了竹青："竹青，你告诉姐姐吧。你手里到底是什么呀？"竹青"嘿嘿"笑了两声，把手掌摊开，一块晶莹剔透、全身散发着幽蓝光芒的石头映入戴月的瞳孔里。戴月摸了摸，石头冰凉得像是从深海里刚被打捞出来重见天日一般，戴月每摸一次，都觉得这块石头仿佛有好多话要说。石头正面光滑平整，背部肌理粗糙些，摸上去手指的触感强烈。戴月摩挲着这块石头，一种说不出的喜悦从心底溢出。竹青又把两只手掌合起来，只留下一个小孔，示意戴月从这小孔往里看。戴月低下头，从这小孔中看去，只见星光洒满整个黑暗的空间。"姐姐，你看，我们的眼睛照亮了石头呢，你看多美。"戴月笑起来，心想：这小屁孩真是有趣，明明是石头的耀眼光芒照亮了眼睛，他却反过来说，孩子的思维真是奇特。

"还有没有其他的石头啦？"戴月看着那个铁皮盒子问道。竹青竟然害羞起来："姐姐，这是我的宝贝，我可从来没给别人看过呢。我只给你一个人看，你可不能跟别人说啊。"说完他们拉了钩，在戴月保证了三次后，他才拿过盒子来。戴月打开一看，里面什么样的石头都有：菱形的、方形的、圆形的、长条状的、粉色的、灰色的、黄色的、茶色的，甚至紫色的都有，它们平静地躺在盒子里。"哇，原来你有那么多宝贝啊！这些石头是从哪里来的？"戴月从未见过这么多的石头，忍不住摸摸他的头。竹青像是一只得到疼爱的小宠物，往戴月面前蹭了蹭。竹青刚要说些什么，贾梅就进来了，喊他们吃晚饭。

八

时间一天天过去，就像暖风吹过身体，悄无声息又实实在在。戴月每天的任务就是陪竹青玩耍。竹青的快乐很简单，就连戴月喝水打嗝了，他也能咧着嘴笑，戴月碰到某处，他也咧着嘴笑。哪怕戴月什么都不做，只是坐在草地上，他还是那样冲着她笑。他永远就是这一种表情，戴月真想半夜去他床边看看他睡觉的时候是否也咧着嘴笑。她想着：算了，笑就笑吧，反正也没碍着我什么事。

竹青每天的生活很有规律，早上先去草地上跑一圈，跑累了就到河里游泳，游泳是他每日的必修课。这时候戴月就坐在河边吃瓜子，一袋瓜子吃得差不多了，竹青就上来了。要说竹青的游泳技术不是一般的好，在水中，抬头吐气，双手向外滑动，再继续伸手入水埋头，吸气抱头，肘部向外滑动，加上腿部用力蹬，整个身体向上倾斜四十五度，一系列动作一气呵成，绝不拖泥带水。竹青像个专业运动员一样，还穿着一套游泳衣。这个应该是竹青最贵的一套衣服了吧。有一次，戴月躺在草地上睡着了，等她醒来的时候，看见竹青漂在水面上一动不动，太阳斜照在竹青黑色的衣服上，仿佛蒸发着死亡的气息。戴月吓得不轻，在草地上急得跳起来，这下可怎么办啊？都怪自己太大意了，怎么睡着了呢？她喊着竹青的名字，由于紧张，声音颤抖着发出像鸟的哀鸣。就在她声嘶力竭的时候，竹青在水里一跃而起，像只自如的游鱼。戴月一时还没反应过来，竹青就已经湿漉漉地站在她身边，一脸惊恐地看着她。戴月赌气似的不理竹青。黄昏的天空与大地的灰色形成强烈的对比，从地里回家的人看见他们，指着他们的背影说："看这小两口，又闹起来了。"戴月更生气了，冲着这群人丢下一句话："谁跟他是小两口？要嫁把你们的女儿嫁他好了，到时我给你们当伴娘！"正说笑的人，听到这句话依然没有生气，他们三三两两对着天空唱歌，在他们眼里，这只不过是一句玩笑话而已，没有谁会当真。

也许是竹青知道前一天戴月生气了，所以今天他游泳特别卖力，做了几个花样，还翻腾了几个自己所创的新动作。戴月始终板着脸，脸气鼓鼓地朝向一边。竹青又一个猛子扎到河底去了，经过这么几次的惊吓，戴月对于他这样的高难度动作已经见怪不怪了。她在嘴里默念着："一、二、三……"念到"三十"的时候，戴月仍未见竹青的头露出水面。竹青从来没有过这么长时间的憋气，戴月心想。戴月心里一阵阵发慌，心里恨起自己来了：这关我什么事呢？又没有人要求我看着他，我又不是他什么人。此刻的自己仿佛就像人家的媳妇一样，什么事都要管着、关心着，竹青又没有表示出这方面的意思，只不过是单纯喜欢姐姐而已。这种喜欢，就如喜欢猫、喜欢狗、喜欢松鼠、喜欢蚂蚁一样，这都是喜欢，也只是喜欢而已嘛。自己这会儿仿佛真是上纲上线要赶着做人家的媳妇儿似的。他只是一个智障而已，自己好歹是个高中生吧，自己再怎么样也喝了点墨水，怎么会对一个智障上心呢。如果她做了一个智障的老婆，那岂不是要被别人给笑话死，到时她就真正的是个笑话了，她还有何颜面活在这个世界上？她一边轻贱着自己，一边转身要走。

这时候，竹青已经上岸了，他突然抓住戴月的手。一块亮闪闪的白色晶体包裹着水在她手心里"滴答"淌下。原来那些石头都是从这条河里捞出来的。她终于明白了那些石头的出处，就像一个人的出身一样，她来自贫穷之乡，最后依然归向贫穷之乡，贫穷就是她的宿命。她看着这块石头，突然悲从中来。为何要让这么美丽的石头来到这个世界上呢？如果不能让它镶嵌在皇冠上或者是铺排在首饰店的天鹅绒上，只是放在那同样暗无天日的铁皮盒里，又有什么意思呢？那不如就让它从哪里来回哪里去呢！她用力一掷，将石头狠狠地砸进河里去了。

而后，她的心情倒是愉快起来。她已经想通了，回家去吧。想明白以后，她冲着竹青笑了笑。竹青黯淡的眼神突然又重新明亮起来，好像是接触了不良灯泡后又重新接通了电源。走在回家的路上，戴月唱起歌来，空气中响彻着她清亮的嗓音，带着蜂蜜的甜味一起弥散在田野上。远处的房子里飘出了饭香味，他们寻着这味道回到了家。

"这怎么行？"贾梅听戴月说要走，赶紧停下手里的活儿，"你怎么能走呢？""我怎么不能走啊？老在这里打扰你们，真的过意不去。"戴月看着身后一言不发的竹青，竹青的眼神飘忽起来，像是忍着好多的委屈而不能说，只能低头看自己的脚。"是不是竹青欺负你啦？他要是敢欺负你，你就跟我说，看我不揍他！"说着贾梅就要抬手打他，她的手高高举起，却迟迟没有落下，眼神瞥向戴月。戴月走过来一把拦下贾梅，握着贾梅的手："贾姨，你误会了，竹青没有欺负我，是我自己想回家了。"戴月看着自己的那根受伤的手指，上面的疤痕颜色不像先前那么深了，结痂的地方也已经慢慢褪去。戴月知道这些天贾梅又是鸡又是鱼地给她补充蛋白质，希望她能够快点好起来。戴月转身回屋拿来一千元，对贾梅说："这钱是为感谢你的照顾。"

贾梅说什么也不肯收，她说："你的伤还没好呢，等伤全好了再说吧。"说着把钱又塞到戴月的衣服口袋里。无论贾梅怎么说也不行，戴月一定要把钱给贾梅，贾梅实在没办法，说："这样吧，明天集市聚集，我们去趟街上吧，陪你散散心，如果你执意想走，等赶集回来再走也不迟。"

他们三个人起了个大早，趁着天还没亮就往集市方向走。说是集市，其实就是一些人在路边摆零零散散的摊位，更奇异的是，这个集市还可以以物换物，戴月恍惚回到某个说不清的年代里。贾梅边走边说："这个村里的人本来就少，加上这几年出门打工的人也多，剩下的都是些老骨头啦。只要不吃大亏，能换的东西就换了，谁家没有个难处？"

人们看见贾梅领着个女孩，都点头微笑。戴月觉得这笑里隐藏的含义像山上的雪、河边的柳，总有那么点意味。贾梅也冲着认识的人回笑着，也回着大家的问话："嗯，带孩子们出来逛逛。"贾梅到每个摊都摸一摸，看一看，却并不急着买东西，像是在逛自家后花园一样，惬意、自在、悠闲。逛完了一圈之后，贾梅为戴月和竹青各买了一套衣服和一套洗漱用品，还买了大枣、桂圆、花生、莲子等食物。

回去的路上，戴月和竹青一边吃着大枣、桂圆等食物，一边嬉闹追逐彼此，他们像两只翩跹飞舞的蝴蝶，在蜿蜒的小路上来回穿梭。贾梅跟在他们后面，他们这快乐的情绪也感染了她。她想：自己就这么一个孩子，孩子的父亲也早早撒手离去，自己带大一个孩子多不容易啊，更何况还是一个智商只有五岁的人。如果他是一个正常的孩子，能过着正常人的生活，她也不会这么焦虑，可是这一切都是她自己造成的。竹青五岁的时候，发了一场高烧，她以为竹青能跟她一样，扛一扛就过去了，结果第二天到医院的时候，医生说脑袋已经烧坏了。她一直觉得对不起竹青，是自己没有照顾好他，他是无辜的。每当看到他晶莹剔透的眼神时，她的心就酸了。她欠竹青的太多了。每个孩子都是天使，他们没有错，有错的都是成年人，不负责任地生下孩子。再怎么样，他也是一条命，他也是一个人，每个人都有追求幸福的权利，不是吗？是的，她在心里又重复了一遍——每个人都有追求幸福的权利，哪怕他是个智障。

九

晚饭后，倦意早早袭来，像根附体软绳一般捆住了戴月，戴月早早便上了床。半夜迷迷糊糊中，她感觉有人闪身蹿到床上，她的精神还没有苏醒，感觉一切都慢了半拍，半寐半醒中，那个黑影已经压上床来。在那个伴着皎洁月色的夜晚，她看见一双透亮闪烁的大眼睛。反抗终究无效，那夜，戴月就当自己死了。

一个月过去了，接着又一个月过去了。戴月忘了回家这件事，贾梅也对她越发殷勤了。一早鸡都叫了三遍，戴月还没起床。待她睁眼时早点已端到床边，不是糖水卧鸡蛋就是鲜鲫鱼汤。戴月慢慢越发白净了，身子也越发圆滚了。她越吃越馋，见着什么都想吃。有一次，挑豆腐摊的在大路口大喊着："卖豆腐嘞……卖豆腐嘞……"竹青当时正在玩他的宝贝石子，戴月突然拎起他的耳朵："快点，快去买点豆腐来。"当戴月看见竹青捧着一大块嫩嫩的、软软的、热乎乎冒着豆香气的豆腐，便不顾左右地开吃了，白色的汁水顺着她的嘴巴流淌下来，嘴角的碎渣被她一伸舌头又舔进去了。

竹青每隔一天还会到湖里去抓鱼。竹青不仅是个游泳高手，还是个捕鱼能手。他捕鱼也有讲究，一般小一点的鱼他还会放回去，肚子鼓鼓的要产子的鱼他也要放生，只有个头大不产子的鱼他才会逮回鱼篓里。带回家的鱼，竹青也从来不吃，每次他都眼巴巴地看着戴月吃鱼、喝鱼汤。每次都是贾梅杀鱼，后来戴月自己也学会了杀鱼。用刀在鱼身上来回扫两下，那鱼鳞就"唰唰"地往下掉落了，趁鱼还活着的时候，开膛破肚，扯出鱼的肠子，再把鱼鳃挖出来放水冲一冲，最后迅速扔进烧开的水中，不盖锅盖。不一会儿，浓郁的乳白色汤汁就在锅里翻滚，香气溢满整个屋子。在腾云驾雾一般的感觉中，戴月喝得大汗淋漓。

后来，戴月发现自己汤喝多了，肚子膨胀得像个小西瓜一样，渐渐又成了大西瓜。现在，她是不会出门去了。每天她就在家和竹青玩儿，或者看看电视，让竹青玩儿他的石头。再后来，她肚里的"西瓜"也落地了。那"西瓜"跟竹青一样，也有一双明亮的眼睛。

戴月开始在家坐月子了。看着"西瓜"肉嘟嘟的小手、小脚和脸蛋，戴月觉得好奇怪，这小肉球一样的"西瓜"，竟然一个零件都不差，比一架飞机或大炮还要精细。她像欣赏一件艺术品一样，每天都要端详他好多遍，仿佛怎么都看不够。"看，樱桃一样的小口，扇状的睫毛闭合时长长地盖住了下眼睑，像洒下的月光一样。饱满粉嫩的皮肤，光滑细腻。"戴月像得了个宝贝一样，巴不得让全世界的人都来看看她的"西瓜"是多么优秀。谁说智障的孩子就一定是个智障呀？让那些人都来瞧一瞧，她的"西瓜"是多么与众不同。

于是，有那么一天，她带着"西瓜"来到门前的大路上，来来回回地走来走去，走了一会儿后对着"西瓜"说："你看，这是小河。你看，这是芦苇草。"襁褓里的孩子闪烁着大大的眼睛看着天。戴月的眼神却四处瞟着，样子好像是头等待猎物的狮子，慢慢地等着村里人凑近过来。一个人、两个人默然地从她的身边走过，也没有跟她打招呼，她并不气馁，心想也许是因那些人这么长时间都没有见过她，当然不认识了。后来，她又更进一步，大胆地向村里的小卖部走去，那些常年蹲着无事的生过孩子的妇女，每天的喜好就是抱着孩子聚在一起，坐在地上拍着大腿聊天。戴月向她们走去，抱着"西瓜"的样子像是从战场上抱回来的战利品。

那些抱着孩子的妇女，哪一个像她那样干净利索？再瞧瞧她们的孩子，就更别提了。那些孩子的头发上积着厚厚的一层灰，已结痂覆盖在那柔弱的头皮上，身上散发着阳光蒸发过的奶味。多年后戴月常常回忆起那种味道，那是一种像是时间长了放坏了的酸奶味。戴月就是在这样的异味弥漫中开始了她的对话，她有一搭没一搭地说着："哎呀呀，看我们家的'西瓜'，这小嘴，真好看。"她的耳朵一直竖着，等着别人的话。终于有个年纪大一些的中年妇女走过来："这娃叫什么名字呀？我看看跟谁像。"戴月像是终于得到别人赏识的马一样，急于嘶鸣急于踏蹄地赶紧掀开襁褓布来："你看，你看，我家的'西瓜'长得漂亮吧。"中年妇女接过来，抱了抱孩子，像展览一样，把孩子抱到每一个人的面前。有的人看一眼不说话，有的人根本就不看一下。

再后来，戴月带着孩子专门坐到人群中央。她觉得自己就像一个钻进敌营的特务一样，想探听她们的消息。这天，她专门穿了一件宽松的衣服，就是竹青的那件海魂衫。她观察着那些说话的妇女，感到她们是天生的演说家。在她们这里，前一天一晚上在各自的被窝里发酵成的面包，白天就成了这里可供咀嚼的营养品。她们靠着这些有嚼劲的"情报"，打发着这些青天白日。戴月想，如果想得到她们的认可，必须做出一些牺牲。在她们讲着谁家占了谁家的边角地、谁家的媳妇儿偷了谁家的汉时，她是第一个带头笑的。这个她敢保证，她的笑总是那么突兀，不像那些妇女的笑，像是培训过的，整齐划一。

"西瓜"哭了，戴月抱起来哄了哄，没有用，又站起来摇一摇，"西瓜"依然哭闹不止。她抱着孩子往西边那棵树后走去，走到一半，她又返回到这里。她依旧坐在人群中央，大胆地掀开自己的条纹上衣，把"西瓜"往怀里一拢。戴月坐直了身子，眼神向四周看去，那些妇女收住笑容，眼神都往戴月身上射来。饿急的孩子头拱了拱，含住了乳头。戴月知道那些箭矢都在自己和"西瓜"身上呢，她像个坐镇的将军一样，把这些箭统统收入眼底，不怒自威。

就这样，戴月打入了她们的组织，每天晒着太阳，聊着家常。不知不觉间，"西瓜"已经六个月大了，让戴月欣慰的是，"西瓜"每天都小嘴里"咿咿呀呀"叫个不停。

这一天，跟往常一样，戴月在小卖部门前逗孩子玩儿，有个妇女也带着孩子玩儿，她背对着"西瓜"喊："'西瓜'，'西瓜'，快点来和我们一起玩儿呀。"戴月抱起孩子，那个妇女又在"西瓜"的身后喊了一遍："'西瓜'，'西瓜'，快来和我们一起玩儿啊。"戴月感到奇怪，这妇女一直在"西瓜"的身后绕圈圈。此刻的戴月，突然意识到了什么，抱着孩子往家走去，她感到有个石头一样的东西朝着她的内心投掷，"咚"的一声，投掷到内心深不见底的地方。

戴月在家里躺了两天才下床，两天后戴月重整旗鼓，她把"西瓜"固定在座位上，然后跑到"西瓜"的身后，喊着："'西瓜'！'西瓜'！"，又从"西瓜"左侧面喊着："'西瓜'！'西瓜'！"，又从"西瓜"右侧面喊着："'西瓜'！'西瓜'！"，只有当戴月从西瓜的正面经过，"西瓜"才嚷着要妈妈。戴月不死心，一个上午就那样绕着"西瓜"来回喊着，不明白的人还以为她在和"西瓜"做游戏呢。来来回回几十次的试验后，戴月不得不接受这样一个残酷的事实——耳聋，"西瓜"听不见。

十

戴月像个瘪气的气球一样，无论怎么拍都是在做无用功，只能在原地象征性地跳动两下。戴月再也不去小卖部了，也不能听到"小卖部"这三个字，"小卖部"就像一把刀一样，把她心里本来快要结痂的伤口再次挑开，又往里捅了两刀。戴月现在只能瞧着自己的"伤口"不住地滴血，却无能为力。

那些没素质的妇女有什么了不起的，她们哪一样比她强，她们的孩子又哪一个比她的"西瓜"好，戴月心想。戴月越是不服气，就越是反常。她每天天不亮时就起床教"西瓜"认识各种图片上的水果，有桃子、杏子、李子、葡萄、西瓜、哈密瓜，这些图片是她从五里地外的集市上买来的。认识了那些水果之后，她又每天带着西瓜去集市上看人群，一边带"西瓜"看有说有笑的人群，一边教他说话。戴月从书上了解到，如果一个孩子错过了最关键的语言发展期，那么以后说话也会成问题。现在家里人几乎快见不到她的身影了，她太忙了，忙到自己都瘦了也没发觉。

那天，细细密密的小雨下得人有些郁闷，她和"西瓜"不得不被困在家里，像突然被关在笼子里的两只小鸟，烦躁不安。戴月对着竹青说："我睡一觉，你看着孩子。"说完，戴月迷迷糊糊睡着了。梦里，戴月听到雨声一直在"滴答"下着，她看见自己在一座小桥上，这小桥只不过是一块木板搭在河岸间，木板晃晃悠悠的，她小心翼翼地走在上面，木板还是在晃动，她停住了，可木板还是丝毫没有静止的意思。这时，她已经走到桥的中央了，她想退回去已不可能了，只能硬着头皮向前走去。她想着，我只要走快一点，保持平衡，就能跨过去。她在摇摇晃晃的木板桥上，以冲刺的姿态向前飞跃，就在她的脚即将落地之时，她掉河里了。

戴月头痛欲裂。雨越下越大，声音像敲打木鱼般一下一下敲在她的脑壳上。黑暗已经降临，屋子里静悄悄的，弥漫着冷飕飕的气息。她觉得刚才的梦是那么真实，又是那么虚无，但有一个声音，始终在她脑袋里徘徊。她觉得不大对劲儿，便从床上跳起来，披着衣服冲出门外。

野风伴着雨滴吹打在芦苇丛中，不时发出"呼呼"的鬼魅声。她沿着路边，喊着："'西瓜'！'西瓜'！"回答她的只有自己深深浅浅的呼吸声。她发疯似的跑起来，也不顾雨路的湿滑，"'西瓜'！'西瓜'！……"潮湿的空气中荡漾着她枯涩的呼喊。

有一个人影在小河边，黑暗笼罩在人影周身，仿佛这人就是从这黑暗里生出来的。黑暗中的人影，拿着一根木棍，往水里不停地拨着。人影听见有声音传来，转过头，戴月看见了那双清而亮的眼睛。戴月三步并作两步地走到他面前，刚要说话，却惊愕地看见河里有一个白白嫩嫩的娃娃。在她晕厥之前，她似乎看见了竹青那双眼睛露出笑意，且不停地说着："姐姐，这下好了，他回家去了，现在你又会喜欢我了……"

"咯吱咯吱"的轱辘声从巷口传来，好像是从幽深恐怖的井里发出来的。戴月看见一个苍老的老人，弓着背，两脚蹒跚地推着车，竟是久违的戴志刚。他看起来似乎更老了。他们相视时，双方都是一愣，岁月的那张纸在他们身上被戳得到处漏风。戴志刚并没有立刻把她迎进门，而是转过身进屋了，跟着戴月也进屋了。她看见戴志刚从抽屉里取出一张红色的纸，塞在她的手里。戴月看见戴志刚的老泪顺着横斜在脸上的深深的皱纹，涕流而下。

"爸……"

戴月再也忍不住了，与戴志刚相拥而泣。戴志刚告诉她，自从她走了之后，他无时无刻不在担心着她，戴志刚还告诉了她一个惊人的秘密，其实，他不是她的亲生父亲，她确实是被他从尼姑庵抱来养大的，他也不知道戴月的母亲是谁。他总觉得亏欠于她，没有让她享受过母爱的温暖，所以他总是说"要是你妈妈在就好了，也许你就不会这么叛逆了"。

在那棵槐树下，戴月翻出戴志刚给她的东西，看了又看，这是一张大学录取通知书。戴志刚当年给她填的志愿是师范大学，他说这样毕业后回到家就有稳定工作，不用再漂泊了。戴月想，都怪自己太任性太不理智了，加之自尊心作祟，当初只是被数学卷子冲昏了头脑，没有开窍，其他科目她都回忆起来了，答得还是蛮认真的。

　　她看着满树的"吊死鬼",看着它们弯曲扭动的怪样子,想起她曾经在书上了解到这种生物学名叫"尺蠖",有时人们以为它掉落在地上就会死去,其实它们大部分会钻入泥土,等待化蛹。

　　她看看天,感觉好像有场暴风雨要来了。满树的尺蠖,哪些将死去、哪些将化蛹,戴月也说不清楚。

波斯奶茶

当肖闲被那个噩梦惊醒的时候，手表的夜光显示屏指向凌晨三点。她怀疑是美丽给她讲了过多波澜壮阔之事，以致连续几个夜里她都在这个时刻醒来了。肖闲忍着腰疼，翻了个身。听着宝宝均匀的呼吸声及睡梦中"咯咯"的笑声，她脸上的神情也跟着舒展开来。这小东西，不知又梦到什么好玩的事情了，肖闲心想。她把那一团"柔软"往自己身边搂了搂，终于安下心来。

早饭是用砂锅炖的营养粥，趁着宝宝还没醒，肖闲抓紧利用空隙时间，把核桃仁、红枣、芝麻、腰果等放入搅拌机，在机器的轰鸣声中，这些东西就变成了细碎的粉末，肖闲将这些粉末放入正在炖煮的米粥里。看着那一层层灰色的米皮在砂锅中泛起时，她改用小火慢熬。

卧室里的宝宝已经醒了，他一边玩儿自己的手指，一边蹬着小脚。"小乖乖，你醒啦？今天真乖，没有哭着找妈妈，饿了没？妈妈给你做好了粥，穿好衣服后我们就去吃饭，好吗？"宝宝"咿咿呀呀"地对着肖闲笑。偌大的房子里，只充盈着他俩的对话声。

肖闲拉下宝宝的裤子，解开裤子两边的易拉扣，抬起宝宝的屁股，提起那沉沉的装满尿液的"尿不湿"，这时宝宝的两条腿蹬得更欢了。"好了好了，我们穿衣服啦。"她拿起宝宝的小脚，放在鼻子上嗅了嗅："呀，闻闻我们的小脚臭不臭呀。"肖闲装作闻着很香的样子，佯装要咬一口，逗得宝宝"咯咯"直笑。肖闲帮宝宝穿好袜子，并把裤子套在宝宝腿上，抬起宝宝屁股时将裤子往上提了一下，覆住宝宝肉滚滚的小肚子，又扶起宝宝的一只胳膊，把衣服的袖子拢成一团，"大手找小手啦！"说着她拉着宝宝的小手，将袖子往宝宝肩膀处轻拽了一下，便穿好了一只袖子。"宝宝，我们翻个身。"说着她从宝宝后面拉过衣服的另一半，又玩起了小手找大手的游戏，最后扣好衣服纽扣。她抱起宝宝，轻拍他的屁股、他的后背，在他耳边亲吻着他。

肖闲将肉切碎为肉沫后加入细嫩的青菜，热油后把菜下锅，翻炒片刻后放入少许的盐调味，最后将这道菜装入一个带有黄色小鸭图案的盘子里。煮蛋器里的水蒸气"噗噗"地响，提示"结束"的红灯亮起。"宝宝乖，我们马上就可以吃饭了。"坐在学步车里的宝宝，抓着肖闲的裤子，着急地想要被她抱。

吃饭的时候，宝宝嘴巴里蹦跶出一个字："爸！"接着又是连续的"爸，爸，爸……"

肖闲惊喜极了，人家都说小男孩的语言能力发育缓慢，没想到才八个月大的孩子，就能清晰地喊出"爸爸"来，真是出乎意料。

"宝宝会叫'爸爸'了！"肖闲在电话这头大声说着，眼角沁出泪来。

"嗯。"丈夫炜含混不清地应了一声，也不知道听没听清她说的是什么。"在我工作期间不要打电话给我，说了多少遍了。好了，我忙了。"肖闲听后收起脸上的表情，转身对宝宝说："乖乖，爸爸知道我们很聪明呢。"在给宝宝喂饭的间隙，她飞快地吃些食物，囫囵咽下。

周五的晚上，肖闲腰痛的毛病依然没有好转，她感觉很焦虑。她站直了腰，一种被向上扯的感觉撕咬着她。疼的地方在腰的右下方，她反复地摸脊柱那里，总觉得脊柱向右偏移了，连带着屁股右方、右腿隐隐作痛。

她对着躺在床上的炜说："我腰疼。""哦。"他抬头看了她一眼，随即又划拉着手机屏幕，说："去看看。"

第二天下午，美丽来了。美丽娘家和肖闲娘家是对门，由于二人年纪相仿，孩子也差不多大且都是男孩，每天傍晚时分，她们经常会抱着各自的孩子在小区的广场上一起玩耍。两个家长经常模仿孩子的声音说话，也会拿着自己孩子的手触摸对方孩子的手。孩子们之间的感情逐日加深，她们之间也熟悉了起来。美丽大方通达，喜欢旅游，喜欢跟肖闲讲在各地的见闻，肖闲沉默寡言，喜爱读书，两个人性格互补，竟发展成了知己。

两个孩子坐在沙发里，脚尖对着脚尖，手指相扣。他们互相抓着、扯着，笑声带来的美好像长着翅膀的天使飘落在每个角落。肖闲自己做了蛋糕，打入全蛋放入面粉中，待面粉发酵后，加入动物奶油，搅打均匀，放入烤箱，接着将蛋糕倒扣冷却，再把草莓加糖熬煮至番茄酱那样的浓稠度，之后加上淡奶油加糖粉和朗姆酒，八成打发后，加入草莓酱和草莓粒搅拌均匀。自己做的蛋糕不仅干净卫生，口感也是极好的，糖分不会很高，又能满足口腹之欲，加上自己熬煮的奶茶，两个人可以聊一个下午了，肖闲心想。美丽每次来的时候，都对她的手艺赞不绝口，可肖闲总是小口地吃着，她怕妊娠纹再度被脂肪撑起。她认为三十四岁的责任包括：保持身形体态、坚持读书、教宝宝认识图片。

"昨天回家后，发现他的换洗衣物上有香水味，尾调有广藿香与克什米尔木的味道，这代表着纵情拥吻、炙热狂爱。"做过香水品牌的美丽，对此如数家珍。

"大前天晚上他登 QQ 的时候，我瞥了眼密码。等他睡了，打开他 QQ 发现有一个叫'红'的女子，他叫她'老婆'。"

美丽告诉她丈夫的事迹，口气云淡风轻，像在说别人家的事情。近年来，她已经跳出了此事，在她的陈述里，多了不少智慧方面的较量。她们本都是如此佳人，两人也都曾度过了几年美好时光。美丽的丈夫凯，与美丽做了六年夫妻，孩子已三岁，后有三年半的婚外情。这期间，美丽的崩溃、无助、绝望，肖闲都看在眼里，劝解、宽慰、开导，肖闲都一一尝试过却无济于事。现在看到美丽讲述她丈夫的花边新闻时那冷眼旁观的态度，肖闲不知是喜是忧。

"我的同事看见他们一起过马路，一前一后，但是对视时的眼神出卖了他们。"

美丽的事情弄得几乎人尽皆知。美丽收到线报，凯在亚朵酒店现身。美丽带着亲朋好友，急匆匆赶到。在酒店走廊上，美丽能听到自己心脏跳动的"怦怦"声，也能感受到因生气导致的手脚麻木，她的脚步变得缓慢起来，在她犹疑的瞬间，那些扛着摄像机、拿着录音笔、打开手机录像功能的人，迫不及待地拿着她的手敲门。一下、两下、三下，没人开门。美丽想象着里面混乱不堪的场面，那些电影画面早已在她脑海中补了白。美丽狠拍门板，力度不断加大，声嘶力竭地喊着丈夫的名字，身边的人都有些动容了。"呼啦"一下，门开了，美丽看见的是个圆脸、可爱的姑娘。"您好。"姑娘的打招呼声还挺甜的。美丽听着这嗲里嗲气的声音，拉着姑娘就往里走，一群人跟着挤挤挨挨，美丽就像是《上海滩》中的许文强，有老大风范。就在美丽想把圆脸女孩往沙发上推的时候，她看见了丈夫嫌恶的眼神和一群开会人的惊诧表情。

"一起逛街、做头发、吃饭……在各种场景中转换。"美丽听姑娘说着这些内容，仿佛这已成了他们这两年的日常生活。听到这些话的时候，美丽会指着路边的商场或者宾馆，因上次就是在这里看见他们的。美丽的发型也是越来越时尚，清纯的姑娘现在却变成了近乎妖艳的少妇。涂抹着鲜红指甲油的手挑了一块薄薄的雪花牛肉，往嘴巴里送。美丽的身材在自暴自弃中臃肿起来，这对于需要严格管理身材的肖闲看来是一种自我牺牲。肖闲在生完孩子以后，只要有空余时间，她都会跟着运动 APP 软件上的音乐跳舞，跳完后每次跟着美丽吃完饭，肖闲心里都会有种深重的罪恶感，但若不吃又怕美丽多心。

美丽离开后，肖闲见宝宝睡着了。阳光透过窗子飘洒进来，仿佛是一两只绒绒的、暖暖的黄嘴小雀在跳脚。肖闲坐在窗边叠宝宝的衣裤，衣裤小小的、棉棉的，触感像极了抚摸宝宝皮肤时的感觉。肖闲叠好后将衣裤齐整地放进宝宝的专属衣柜中，走到餐厅，收拾桌上的碗筷及地上的米粒，又把宝宝换下来的衣服拿到阳台去洗，一些难以洗净的脏地方，还需要提前浸泡。

宝宝醒来后，肖闲把他放入推车，出门时才发现傍晚已下过一场不大不小的雨。新雨过后，微风拂过，肖闲的裙摆"窸窸窣窣"地抖动着。超市离家有半个小时车程，丈夫炜在前面走着，不时停下来等着他们。宝宝"咿咿呀呀"地想跟他说话，他抱过宝宝，亲昵地举过头顶，让宝宝跨在自己脖颈上。回来的时候，他们一般会选择打车。炜有个坏毛病，从来不和别人拼车。他的理由很简单，为什么花一样的钱却要和别人挤在一起？

炜的工作地点是在县城，而肖闲和孩子生活在市区。炜每天去公司要开车一个半小时，很早出门，很晚才归。随着他职位的提升，回到家的时间越来越迟，有次凌晨一点才回。肖闲心疼地说："以后没事不要回来了，周末再回来吧。"本以为他不会答应，没想到炜默认了这样的提议。

肖闲和炜的相识带着戏剧性。肖闲大学毕业后，与相恋四年的男友和平分手，心却依然陷于失恋的泥沼。父母到处托人给她介绍对象，她不是嫌人家有啤酒肚，就是说人家是"土而奇"（土气且奇葩），母亲气得撂下一句："以后你的事我不管了。"每次朋友聚会，肖闲总是玩得最嗨的那个，喝酒、唱歌是她每次的必选活动，不把精力释放完，她就不肯离场。有次歌唱到一半，有个男孩加入他们的队伍，大家一一介绍完自己，又开始疯狂地喝酒唱歌。活动结束后，她要回家，男孩非要送她。送就送吧，反正最后被吓跑的也不止这一个，肖闲心想。回去的路上，肖闲尽情唱歌、疯笑，展示着自己不羁的一面。快到家的时候，肖闲突然感到胃里一阵翻涌，跑到一棵树下，处理着她的"翻江倒海"。在那个湿漉漉的夜晚，蝉声在叶尖上震颤，凉风袭来，酒后寒使她感到凉意。突然，一双触感温存的大手轻抚着她后背："没事吧？"然后扶她坐在路牙边，男孩抓着她的手，在虎口的地方轻揉，一边揉一边说："女孩子不要喝这么多酒，很伤身的。"这让肖闲想起小时候自己肚子疼，母亲也是这样照顾自己的。肖闲再也忍不住了，抓着他的衣领，靠在他胸前哭起来。男孩的衣襟被洇湿好大一片。之后炜经常拿这事笑话她："女人呐，都是水做的。"一次撕心裂肺的痛哭，让肖闲彻底放下了过去。

美丽和凯是高中同学，他们的恋爱始于一张纸。这是美丽当笑话讲给肖闲听的故事。一次他们分班考试，在这个隔壁班级一张桌子的桌肚里，美丽发现了那张用英文写的情书。"肇事者"写的内容，美丽至今记得——"Tell Han, please, I'll wait for her"，晗是他们年级的校花，谁都知道她。但"触礁"的人不少，晗的理由只有一个：她要出国。大多数人都知难而退了，只有凯，像个灯塔守护者，守着那"微弱的红点"。凯每天坐公交回家，每次都在站台上等着晗，一直到她出现才上车，等她下车后，才转车回家。就这样默默守护了三年，却一句话都没有和校花说过。当他们还在为高考奋斗时，晗已经拿到美国大学的录取通知书。那封情书美丽一直夹在自己的笔记本里。她很能理解一个男孩为了爱情无偿付出的无奈心理。美丽说，她有时候看见他在公交站台上那落寞的身影，心就会疼一下，女孩那若无其事、理所应当的态度让作为旁观者的美丽，替男孩觉得不值。美丽找到晗，晗不屑地质问她："这跟你有什么关系，难道你喜欢他？"之后，美丽疯狂地给他写信，那些绞尽脑汁想出来的情诗，源于美丽的不服气，后来就慢慢成了习惯，那些深入骨髓的语句，有时美丽自己读起来都能泪流满面。女追男，隔层纱。随着校花的离去，他们也很自然地走到一起。

　　他们两个人家境相似，美丽大方开朗，深受公婆喜欢。在家长的认可下，两人婚姻如期而至。婚后的最初几年，他们四个人，肖闲和炜、美丽和凯，度过了一段无忧的时光。美丽顺利怀孕，在美丽的期待中，宝宝在子宫健康成长，直到那条不合适的短信息打破了这样的和谐。那晚，美丽在看电视上的美食节目时，突然想吃生鱼片，凯拿出手机想点个外卖。两个人头靠头地翻看着各种美食图片，那条写着"我回来了——晗"的短信让美丽的幸福戛然而止。美丽处于进退两难的境况，从丈夫躲闪的眼神中，她看出了事情的严重性。她每每想到把孩子弄掉时，孩子总像受到感应似的踢她。在美丽的左右为难中，孩子降生了。看到孩子的一刹那，美丽的心都化了，自己的孩子是那样一个天使，幸好自己没做傻事。那个夜晚，窗外流光溢彩，窗子玻璃上浮现着自己浮肿暗沉的脸庞，在探照灯下忽明忽暗。看不到月亮，只见到星云在黑暗中涌动。美丽想，她和晗也许就是一对正反生物，相遇就会湮灭。她看了眼身边的宝宝，感觉现在这个宝宝就是这个家庭的"希格斯玻色子",只有加大这个宝宝的能量,才能让这个家庭正常运转下去。

肖闲为了改变自己的生活环境,换了个在市区的工作。那时炜的公司正是用人之际,老板苦苦挽留炜,他同意了。之后,炜越来越忙,身边的朋友渐渐不认识的居多。每天早晨,肖闲会抱着宝宝在门口送送炜,炜上班之前也会逗逗孩子。如果他临时有事,出门较早,也会来到肖闲和宝宝睡的房间,给她们盖下被子,亲亲宝宝,再亲亲肖闲,而后才出门。空荡荡的房间里,瞬间少了一个人的气息。肖闲一个人在家料理宝宝的一切,过了凯晚上六点的下班时间,她会不停地看时间,直到凯回来,此刻肖闲才感到家的气息又回来了。往往这个时候,肖闲想和他多说几句,哪怕是最无用的话。无论和他聊什么,对她来说都是欢喜的。

美丽的婚姻遭遇了"滑铁卢",双方缓过劲儿来重整旗鼓,却发现热情早已冷却。美丽在总结了多次的教训后,得出了自己的结论:凯从来没爱过她,只是在某个特殊时期需要她而已,在这种需要里,她一直以为自己是被爱的。在美丽孕期凯被发现出轨后,凯并没有觉悟的意思,每天仍然不是加班就是应酬,每天都在夜里十二点以后回家。回家后除了见到孩子时能露出点笑容,面对其他的事都是一副无所谓的样子。美丽一半无奈一半嘲讽地说:"也许我该成全他们。"

没有特殊情况，周末肖闲会选一天出去吃饭。有次她提前订好位置，带着宝宝一同前往。婚前他们会选择浪漫一点的西餐厅，切着牛排，听着音乐，聊着一些感兴趣的话题，吃完若时间尚早，还会去看一场电影，过程中人物情绪迸发之时，炜会递张面巾纸，放在她的手里。现在他们会选择能兼顾到宝宝的餐厅，她喂宝宝吃完饭后，炜端起杯子要和她碰杯，宝宝跟着也要碰杯，结果洒得满桌都是水。肖闲不得不收拾桌上的一片狼藉，她神色抱歉地让丈夫先吃，自己抱着宝宝去餐厅门口晃悠一圈。丈夫吃完后，换她胡乱地吃上几口。肖闲和炜都认为现在正是宝宝语言发展的敏感期，正是宝宝需要多动多学对这个世界充满好奇的时期。

关于美丽的问题，肖闲一直耿耿于怀。肖闲和炜的一切都很顺利，生活中分工明确，炜保证家里的经济收入，肖闲负责照顾宝宝。对于家庭，他们都付出了自己的心血去努力经营。在别人的眼里，这是一个标准的幸福稳定家庭的生活模式，但是否这样的模式就是正确的呢？是否这就是爱呢？一起和对方慢慢变老就是人生的终极目标吗？高更在家庭最稳定的时候，选择离家出走，他选择了另外一种在别人看来是完全无法理解的生活方式，他错了吗？这些只是偶尔会在肖闲听到美丽的叙述时闪过肖闲脑海的想法，但很快就被生活的琐事遮掩。肖闲不想做个庸人，一直自寻烦恼。对于她而言，家庭的正常运转，比窥探各种隐私要实际得多。她不想知道炜在外面和什么样的人接触过、说过什么话、是什么样的形象。丈夫丈夫，一丈之外，就不在她的管辖范围内了。

晚上，肖闲哄完宝宝睡觉，炜在书房工作，准备下周的计划，肖闲拿起抹布擦拭沙发。沙发的靠背和扶手都是皮质的，宝宝学习走路的时候经常触摸这些地方，上面的油渍很难擦干净，她就用一种特殊的去污喷剂先喷一遍，等污迹开始慢慢消融，再用抹布来回搓揉。看着脏兮兮的地方经过了她的巧手变得光洁明亮，她就觉得满足。宝宝经常光脚走在地板上，卧室的木质地板也是每天必须清洁的，她换了块地板专用的抹布，洗了又洗，拧干，展开铺平，用手掌撑开，以最大接触面来擦拭地板。她想最里面的窗台下方会有宝宝的磨牙棒粉屑，就以这里为起点，慢慢向外蔓延，手掌打着圆，那些絮状物灰尘，打着结成条状聚拢在一起。天天打扫，为何还是有那么多灰尘，肖闲心中疑惑。扫到门后的角落时，她发现总会有一些颗粒状类似沙子的秽物躲在缝隙里，她就用手指头沾水粘出来或者趴下来用嘴巴吹出来。窗户只在早上十点至下午三点这段时间开着，还有一道防尘窗拦着，这些秽物是怎么进来的？她也弄不明白这个问题。肖闲只感觉越想去清除它们，它们越在她的心里生根。肖闲现在连觉都睡不安稳了，这不夜里又醒了。

许是昨晚干得起劲儿的原因，引发腰疼的后劲儿，肖闲卧床难起。一大早，肖闲叫了几声"炜"，始终没人回应。肖闲猜测炜上班去了。她咬牙翻了身，左脚落地，左肘弯曲压着床框，右手扶着右腰，右脚缓缓滑出，现在的她只能以左脚为支撑点，右脚辅助性地拖在地上，走到梳妆台前，拿起手机给自己的婆婆打了个电话，请求婆婆过来帮她带半天孩子。

"又有什么事呀……"婆婆"嘟嘟囔囔"说着什么，她也顾不得去仔细听。

医生看着肖闲做完核磁共振的黑色胶片，指着一段弯曲的白色骨头说："第三节腰椎横突退变，纤维环破裂，里面的髓核突出对周围的神经根产生压迫，以及化学刺激共同发作后引起疼痛，现在已经引起腿痛。"

医生接着问："你这样的情况从什么时候开始的？"肖闲想了想，说："从怀孕的时候腰就开始酸，一直到昨天擦地时突发性疼痛。"医生说："只能保守治疗了。"临走的时候，医生补充了一句："不要抱孩子，不要做家务。"

肖闲的腰部被附上腰板，僵直地躺在床上，宝宝被送到婆婆家。婆婆给肖闲的建议是再生一个娃，婆婆说再生一个就能把腰的毛病带好。这样的伪科学论，她并不相信。她自己的身体自己最清楚，不过是长期劳累所致，休养一段时间便可恢复。她作为合格的母亲和妻子，总想着孩子和丈夫，往往把最重要的自己给忘了。有时她对着夜晚时刻的厨房，看着暗黑的玻璃形成的镜面里的自己，会恍惚地问这个人是谁。

　　美丽这次来看起来跟之前不一样，肖闲观察了半天，发现她今天化的是淡妆。美丽打算去四川旅游，一年一度的外出旅游能够释放掉她很多不愉快的记忆，也能给她补充能量去应对未来生活中的种种艰难。肖闲希望美丽能够找回自己，希望美丽在生活的表面之下，还有热烈的脉搏在跳动。一块已经腐烂的死皮，盯着来回擦拭，只会使更多的表皮受损。"你要爱你自己。"肖闲对美丽说。

　　"弱之胜强，柔之胜刚，天下莫不知，莫能行"，老子的处事原则莫不体现生活的智慧。男人的刚强用来对付世界，女人的柔弱用来应对生活。"强大处下，柔弱处上。以柔克刚，方能制胜"，在美丽的理解中，肖闲的软弱听话大概是婚姻稳定的极大保障。

　　医生让肖闲躺在一张木制的调理床上，两手伸展向上呈舒展状，并在肖闲的腰上捆紧皮带固定住身体。医生按动床边的按钮后，床向两边缓缓移动，肖闲感觉身体被拉扯、拉扯、再拉扯，腰痛的地方像有无数只小蚂蚁在啃噬着。过了一会儿，调理床慢慢回位到原来的位置。休息了几分钟后，这样的程序再次启动。肖闲已经好几天没有见到宝宝了，心里空空的，这已经是她能忍受的最大极限了，在尚且能活动的情况下把宝宝接回家是她现在最迫切的需求。又是一个周末，肖闲见到宝宝后心情陡然变好，广场上的小朋友们在玩孙悟空捉妖精的游戏，宝宝嘴里也叫着"妖精——"。六点二十分时，肖闲抱着宝宝到小区门口去迎接炜，六点三十八分时，炜从一辆出租车的后排座位走出，付费的时候，炜回身看了眼出租车前排座位。肖闲的视力不是太好，那天也没戴隐形眼镜，恍惚间看见一个长发披肩的女子坐在副驾驶的位置。

两周后，肖闲的病情得到很大的缓解，她的家庭生活也步入正常轨道。又是一个午后，美丽来了。盛夏过后的秋雨敲打着窗户，水柱一道道划过玻璃，冲刷着外面的尘埃。肖闲给美丽准备了蛋糕和奶茶，这次的奶茶底料肖闲换为一种波斯红茶，泡出来的颜色透亮味道也更醇厚。孩子们在爬行垫上玩儿着玩具，难得有如此安静的时刻。美丽让肖闲看一张照片，照片中有红房子，有穿着红衣服的阿姆，还有那些黛色山峦、空旷原野。

"一个非常漂亮的女子被秃鹫给带走了，我的眼泪止不住流了下来……"美丽说，"在那一瞬间，我所有美好的幻想都破灭了。"美丽的语气平静，好像给肖闲讲那些"惊涛骇浪"的是另一个人。肖闲一个愣神，仿佛眼前有一位长发飘飘的女子一闪而过。

"本来我想每晚都给他打个电话，想着干吗让他快活。后来我想，算了，他不舒服，难道我就快乐了吗？"美丽说。

"放过他，也放过自己！"

美丽缓慢地叙述，肖闲想美丽是在跟过去告别，为她松了口气。肖闲下定决心似的端起奶茶，感受舌尖上那柔和纯正、回味无穷的味道。

伊人

美丽的人啊

你就是花园里的玫瑰

看见你的人都想轻嗅你的芳香

在泥土里扎根

还是供奉在镶边的花瓶里

生活与浪漫

将走向不同的归宿

——

晚上的饭局，让晏馨大为不快。

一个星期之前，滕阳就征求她的意见，当时她一口回绝了。昨天晚上，晏馨经不住滕阳的软磨硬泡，终于答应和他一起去参加与校董事那帮人的应酬。

到了场上，滕阳开始还为晏馨解释，说她不舒服，自己替她喝，可后来看着董事长那悒郁不展的脸，滕阳端着酒杯过来对她说："要不，来一点点。"

晏馨赌气似的斟满了一杯，关键时刻，滕阳怎么能把自己推出去？杨董事长一看晏馨这豪气，脸上露出了一丝笑容："不愧是东北人，真豪爽。"接着，每个人都来和晏馨干杯，其中一个董事在晏馨与杨董喝酒的时候，提议来个交杯酒。晏馨一时囧在那儿，脸腾地红了，她用求助的眼神看着滕阳，滕阳在她脸上一扫而过，假装在看手机。杨董看着晏馨："晏老师，在你们这批教师中，我是最欣赏你的，不光是因你的颜值，更重要的是你的教学能力，我们就碰个杯吧，女孩子还是不要喝多的好。"杨董的善解人意，是晏馨没有料到的。

酒席散后，杨董事拍拍滕阳的肩膀："你小子，好福气呀。明天到我办公室签合同。"滕阳像得了圣旨一样地点头哈腰。

回家的路上，出租车里的滕阳借着酒劲儿靠在晏馨的肩膀上，带着酒气的呼吸喷到她的脸上，钻入她的鼻腔内。晏馨嫌恶地把他往车门边推了推。

借着酒劲儿，滕阳一把搂住晏馨："你以为我想让你喝酒呀，还不是为了能续签下一年的合同。现在的学生一年比一年差，更何况我带的是美术生，烂桃子筐里挑好的。我能怎么办？过了我的美术线的，文化往往不行；文化还可以的，美术又差得要死。我已经尽力了，还不是为了保住饭碗？我也想给你一个好的生活。你说是不是？亲爱的。"说着就凑上来，想亲晏馨一口。晏馨往旁边挪了挪："是是是，你喝多了，别说了。"一闪躲过了滕阳的纠缠。

回家后，晏馨把滕阳安顿在书房，自己躺在卧室的床上，翻来覆去怎么也睡不着，漫漫长夜好似幽灵一般缠绕着她，晏馨身心疲惫却无力安睡，搅得人像沙漠中一口干涸的枯井。她对着灯光，眼前的景象渐渐聚焦成一个亮点，不知不觉，双眼模糊，眼泪顺着面颊把枕巾沾湿了一大片，鼻子也抽不过气来。对于她精神上的哀愁，黑夜无疑施加了一种更深的沉重，白天在忙碌中很快就过去，人的神经也会变得迟钝许多，可黑夜却给她带来不安和磨难，感性渐渐吞噬理性，人变得敏感而脆弱。她强迫自己不要去想，不要去想。迷迷糊糊中，她勉强睡了一会儿，当天破晓之时，她已经醒了，看着窗外渐渐明亮起来，推窗远望，旁边的公园里已经有人在晨练，带着晨雾的空气有一丝凉意，她感觉好些了。

二

鉴于上午第二节和第三节课之间是学校的课间活动，晏馨便来找李丽诉苦。李丽听了晏馨的苦闷之事，破口大骂："什么玩意儿，为了自己的工作，老婆都可以出卖，这叫什么男人？我呸。你看看你，找的什么男人，你这么好的条件，当初是怎么选的？不是我说你，你就是好骗，人家三言两语就把你哄得团团转，这男人的话能信吗？当初追你的时候，对你那个好啊，为了向你求婚，还充大头买全店最贵的钻戒，你知道那是他向全校老师借的钱吗？结婚之后，还不是你和他一起还的，这不就相当于你给自己贷款买的吗？你说说，全校老师，谁不知道你有个这样的钻戒……"李丽越说越来劲儿，晏馨低头不语，越发讨厌自己，怨恨自己怎么就活得这么窝囊。

李丽看晏馨不说话，知道自己说得有些过分了，转而说："不过呢，滕阳说起来也不错了，为了你，为了家，还是挺拼的，怪就怪同人不同命，谁让他有才无财呢，农村的娃，不容易，没有别的指望，只能拼事业了……"

晚上，晏馨回到家，见滕阳烧了一桌子的菜，都是晏馨爱吃的。每次他做错了事，之后总是变着法子给她做好吃的。要想哄住男人的心，先要哄住他的胃。这话对女人来说也是一样的。滕阳看着晏馨说："呀，我差点忘了，还要有红酒，美女配红酒，生活越来越富有。"这一句逗得晏馨笑了起来，看到她气消了一半，他绷着的心总算放松了点，心想，这女人，说几句好话就相当于让对方主动放弃使用"原子弹"，要不"蘑菇云"的威力可不是一般人能承受的。男人和女人在结合之初，女人可能因撒娇卖萌占据有利地位，一旦进入婚姻这个"坟墓"以后，男人的耐心渐渐丧失，面对此种优势渐失的境况，女人也不甘示弱，啼哭、狮吼、辱骂、打砸、更有甚者以自杀相威胁，反正以各种方式闹个天翻地覆，不管这个女人婚前如何温柔，婚后也不亚于一个"恐怖分子"

啊。当然，晏馨生气的时候，暂时还处于啼哭的状态，在可控范围之内。

饭菜热气腾腾的，昏黄的灯光充满暧昧，几口酒下肚，晏馨的脸庞灿若桃花，滕阳按捺不住内心的激动："娶到你真是我这辈子的福分，以后赚钱养家的事我来，你只管貌美如花，好好照顾自己，不要对别人的话深信不疑，有些人的话只能听听而已，不要当真。不管怎样，你相信我就行。"晏馨一边吃着，一边点头。

微醺中的晏馨更加妩媚动人，白如凝脂的皮肤此时红润透亮、光彩照人。酒真是个好东西啊，它能让人释放心情，也能让人忘却烦恼。借着酒劲儿，晏馨来了一段舞蹈，是大学时跳的桑巴舞，她还没有忘记。性感坚实的臀部在音乐的催化下有节奏地摆动着，卷曲的长发随着腰肢的扭动而飘荡起来，看得滕阳心中荡漾，拉过晏馨直奔主题，他迅速解开重重束缚，穿越道道防线，像第一次时那样急不可待。不一会儿，晏馨的后背、脸颊冒出汗来，黏在身上，把她的妆容都弄花了。

整个屋子里弥漫着热乎气和汗气，晏馨站起来开窗，一股清凉的风钻入屋内，她不禁打了一个寒战，原来外面刚刚下了一场雨，而她却浑然不知。晏馨说了句："下雨了。"他并不关心，似乎早已知道。临睡前，晏馨在一阵烟雾弥漫中看到滕阳那不可捉摸的脸，但她太累了，迷迷糊糊中就昏睡过去了。

晏馨起床的时候，桌上的早饭已经摆好，晏馨觉得很幸福。不过，一条短信把她拉回到现实。滕阳在微信中说自己被调往南京国际学校，专门带一些出国的孩子学习美术，今天就要赶到南京去。看着她熟睡的样子，不忍心打扰她，一大早只身前往车站。

面对木已成舟的事实，晏馨只有接受。幸福的小夫妻只能过着两地分居的日子。

三

让晏馨没想到的是，除了滕阳的工作有调动，她的工作也发生了改变，从初中部被调往小学部，兼任班主任。为什么人事调动独独了她一人呢？晏馨百思不得其解。

还没到小学部报到，晏馨就听说了耿校长的厉害。小学部采取淘汰制，谁要是完不成教学任务或带的班考试成绩连续两次年级垫底，下学期就要卷铺盖走人。

晏馨大为苦恼，自己作为班主任，那是要天天泡在班里的，不仅课间要维持纪律，就是一日三餐也要跟着孩子们，夜里还要陪孩子们睡觉。李丽曾经调侃说她们小学部就是标准的"三陪"。

在欢迎会上，小学部的耿校长特意强调，某些老师的调动是董事会的决定，不是因为犯了错，小学部也需要吸纳人才、壮大队伍，所以希望老师们对这次调动不要有不必要的想法，好好干，说不定下学期会升职加薪。虽说耿校长没有明确点名，但是他的眼神却意味深长。

　　升职加薪这事，晏馨心中从未想过，不是说她没有这个能力或者是她没有自信，而是这根本不在她的计划之内。从小到大，她都是个清心寡欲的人，小学时老师选她当班长，因老师觉得她又漂亮又乖巧，可为这事她专门跑到老师那里哭了一鼻子，推掉了这件好事。要说当班长这事，还得说到晏馨的表姐，晏馨表姐从小就是个能干好强的孩子，长得跟晏馨一样漂亮，可独独性格不同，晏馨表姐的性格中带有野性，在全校是有名的优秀班长，怎么个全校有名呢？

　　晏馨表姐的小学班级中不乏有些调皮的男孩子，这些个孩子跟高大强壮的男孩比厉害，打不过；跟弱小聪明的孩子比学习，比不了，但他们有自己独有的乐趣——欺负女生，不是今天拽女生的小辫子，就是明天给女生贴纸条，后天还可能在女生书包里放只癞蛤蟆什么的。这些孩子是老师眼中的坏学生，是同学眼中的讨厌鬼。

　　就是这样的一个讨厌鬼，在一天放学后，屁颠屁颠地跟在晏馨表姐的后面，非问晏馨表姐平时在学校老是找他碴儿，是不是喜欢他。本来晏馨表姐的父亲对于闺女过于引人注目就格外担心，经常教导闺女，如果有男孩子调戏的话，一定要往死里揍，不给对方可乘之机。那讨厌鬼一会儿走在前面，一会儿又绕到晏馨表姐的背后比画，晏馨表姐一路都没有吱声。讨厌鬼以为晏馨表姐默认了，认为晏馨表姐对他同样有意思，于是更加眉飞色舞起来，说话时唾沫横飞，走路都是飘的。

　　路过一户人家时，晏馨表姐看见这户人家的大门没关，就径直走入厨房，出来时一路狂奔，不明所以的讨厌鬼在门口耐心等待，一看晏馨表姐从背后拿出一把菜刀向他砍去，说时迟，那时快，那讨厌鬼撒腿就逃，由于事前没有心理防备，再加上过度惊吓，没跑多远就摔了一跤。表姐干脆利落地一刀下去，讨厌鬼背后的棉袄从上到下被撕了好大一口子，白色的棉絮沾染着红色的血液，像脱落下来的牛的肠子一样。讨厌鬼那凄厉的叫声，一直回荡在夕照下的乡间小路上，久久才散去。

晏馨的表姐从此一举成名。在家乡要说不知道硕项湖那是有可能的，但不知道晏馨表姐名号的，真的很少。成年后的晏馨表姐异常漂亮，可没有一个人敢上门提亲。

这事到晏馨父亲的嘴里又是不一样的味道："一个女娃娃家不要太强势，要不，谁敢要？"

以前晏馨和滕阳一起回家时，滕阳骑自行车载着晏馨，两人看着皎洁的月光洒下清辉照在路边的树上，树叶映发出清幽的光。滕阳骑着自行车欢快地载着晏馨，晏馨搂着他的腰，头靠着他，全身放松。前方是一座人民桥，以这座桥为界，这个县城被分为桥东和桥西两部分，他们家在桥东，工作地点在桥西，所以每天两人必定要翻越两次这样的一座标志性的建筑物。在横跨这座桥时，为了给自己鼓劲儿，滕阳扯着嗓子，吼一声"我的家乡住在黄土高坡，哦……哦……"，每次吼到第二个"哦"的时候，底气若不足必定破音，一下子劈开的嗓音划破天际回响在黑色的天幕上，逗得晏馨咯咯直笑。滕阳走后，再也没人能载着她唱歌了，她索性搬到学校来住，没事还可以和李丽作伴。

四

晚上，晏馨把学生送回宿舍，今晚轮到她值班，宿舍楼里一片欢腾，孩子们有的忙着吃零食，有的忙着喝水，有的忙着梳洗。大约半小时以后，铃声响起，"窸窸窣窣"的上床声、"嘀嘀咕咕"的说话声、"拖拖沓沓"的走路声……不绝于耳。又过了半小时，只有均匀的呼吸声、偶尔的翻身声、磨牙声、打嗝声、放屁声、蹬被子声……渐渐止息。晏馨在黑暗中轻手轻脚地给这个披披被子给那个扶扶枕头，看着孩子们都睡了，她也回到自己的值班室。

值班室里靠着两面墙的地方各放着一张上下铺床，可容纳四个人。只有靠近西边的下铺床上铺着被褥，这条被褥是公用的，其他床铺只有一张空床板，其中一张床板上面临时放着晏馨的洗漱用品。靠门边处另开辟了一个小卫生间，里面有两个蹲坑，其他什么设施也没有。蹲坑的边上有一块瓷砖被剥离出来，脚踩在上面后瓷砖整个翘起，发出沉闷浑浊的声音，并与地面相触时的摩擦声一起直钻人心，让人心里起了一层疙瘩。为方便洗漱，门后装了一个洗手台。在幽暗的管式电灯的光线笼罩下，值班室更显简陋与陈旧。

四周一片寂静，安静得都能听到自己的心跳声。晏馨洗漱完毕，径直跑上床铺，翻来覆去怎么也睡不着，于是拿书来看。晏馨翻了两页，总感觉不踏实，就起身下床，打开卫生间的门，把每个角落都仔仔细细检查了一遍，特别是隐藏在黑暗中的地方。突然只听一声"轰隆"的冲水声，是按压式冲水马桶发出瀑布般的咆哮声，响彻了整栋楼，这突如其来的惊吓，犹如一只饥饿了很久的野狼张开它的血盆大口要吞噬她的魂魄。魂飞魄散的晏馨赶紧关紧门，再用布条塞好，以阻止那声音溢出蔓延室内。她"哆哆嗦嗦"地检查床底，还好，空空如也。晏馨以极快的速度逃回床上，瑟瑟发抖。不行，上铺还没有检查，晏馨心想，于是又"噔噔噔"爬上上铺扫视一遍，还好，没有异常现象。坐在上铺的晏馨向门口望去，隐约觉得门在动，怎么办？不行，要到门口看看，确定锁是牢固的，晏馨心想。于是她又在门后加把凳子，这样就算有人用非正常手段进入，自己也能在第一时间听到凳子被拖地的声音。

要说晏馨的胆小，还要追溯到高一暑假那年。有天晚上，电视节目结束后，她一个人到楼上睡觉。那年夏天很热，她打开门和窗，过堂风吹得人很舒服。不一会儿，她在迷迷糊糊之中隐隐约约觉得床下有异动之声，于是将脊背贴在床板下慢慢往外滑动，床板与她几乎是背靠背地摩擦着，晏馨瞬间感觉全身如电击般僵硬，就躺在床上一动不动，只见一个人影慢慢从床下探出头来，紧接着一个高大的身影映现在她眼前，离她如此之近，她都能闻到那身影身上的汗味。明亮的月光让晏馨看清来人穿的是一身球服套装，那身影慢慢向门口走去，就在晏馨以为此人即将离去之际，那人影转头向晏馨走去，眼睛带着月色的反光射向她，她吓得立刻闭上眼

睛，屏住呼吸，顺势做了个翻身的动作，面向墙壁。她一直
保持这个姿势，想喊喊不出声，想起也起不来，全身麻木、
僵直。那种感觉凝滞了好久，此刻如果说她是一尊雕像也不
为过。她就那样一直保持着这个姿势，直到她听不到一丁点
声响时，才睁开眼睛，审视四周，确定人已经不见了后，她
"腾"地跳起，连滚带爬地跑到楼下，抱着父亲结结巴巴地
说："贼、贼、有贼……"

起床的铃声响起，她头痛欲裂，拖着疲惫的身体投入新
一天的工作。此刻，她多想滕阳啊！

<h2 style="text-align:center">五</h2>

果然不出所料，第一次的月考，晏馨负责的班倒数第一。
有了晏馨的垫底，倒数第二的李丽松了口气。

李丽约晏馨在新开的一家肯德基见面。在熙熙攘攘的人
群中，晏馨一眼就看见李丽在一个角落里向她招手。李丽穿
了方格红衬衫，这种款式的衣服在几年前还是比较流行的，
梳的是简单的马尾，为了遮挡她越来越高的发际线，她还特
意剪了刘海以作遮挡之用。李丽总是那么善解人意、大方得
体，但与她熟识之后，你会发现她那黄中透蓝的眼睛里，不
经意间会流露出一丝忧郁。她热情地招呼晏馨坐下。待晏馨
坐定后，才看见一个男孩坐在李丽对面，李丽正拿着一根薯
条往男孩的嘴巴里送。那孩子虎头虎脑的，扑闪着大眼睛，
扇状的睫毛忽闪忽闪，眼神清澈透亮，这分明就是天使下凡。

晏馨和李丽在交谈着，那孩子在一旁专心地吃着鸡翅和汉堡，偶尔抬头对李丽用手势比画着什么，嘴巴里发出"啊，啊"的声音。

李丽看出晏馨的疑惑，说道："怀孕期间一切都好，各项检查都指标正常，一家人知道我怀的是男孩，别提多高兴了。生孩子那天晚上，下半夜见了红，全家人就近把我送到镇上的医院。当时大概是夜里三四点的光景，值班医生一问得知是头胎，说了句'早着呢'，就去睡觉了，只留下一个护士在我旁边，护士也不说什么，就让我躺在床上等候着。"

李丽继续回忆道："那晚时间一分一秒地过去，我躺在床上的感觉就像躺在砧板上待宰的鱼一样，大口地吸着空气，以缓解疼痛。一开始隔半小时疼一次，后来隔二十分钟就疼一次，再后来隔十分钟就疼一次，最后疼的频率越来越多，越来越难忍，最终哼出声来，被打扰的护士显得特别不耐烦，让我不要吵吵，说哪家女人生孩子能不疼呢。后来我实在忍不住了，疼得跪在地上，让护士去叫医生。当医生赶来的时候，我在地上翻来覆去直打滚，才在慌乱中替我接生。孩子出来后，过了好长时间才发现患了脑瘫，不会说话，也听不清声音。"

"都怪我，我要多忍忍就好了。"李丽说着说着，眼睛就红了，眼泪在眼眶里打转，脸上现出扭曲的痛苦神色，强忍着不让眼泪掉下来。她不住地吸着鼻子，可最终被心底的悲伤打败，她把脸埋在自己的手掌里，眼泪顺着指缝流淌下来。

儿子不明所以地看着她，放下手里的食物，拉了拉李丽，她赶紧擦掉眼泪，挤出一丝笑容，对着儿子笑了笑。

全家人认为是她导致孩子成了现在这个样子，对她一直没有好脸色。丈夫常常彻夜不归，就算回家也是借着酒劲儿对李丽大发脾气。李丽心里满是懊悔，为了更好地照顾孩子，她毅然辞去了乡村公办学校的公职，跑到县城的私立学校当老师，一来为能保证孩子治疗费用的供给，二来为能方便照顾在聋哑学校的儿子。

家里的人几乎都放弃了这个孩子，可是当面对孩子无辜的眼神时，李丽还是不忍心，决意咬牙也要给孩子做康复治疗，况且每次询问医生治疗后孩子是否有希望恢复健康，医生每次的回答都表示说不定会好的，做母亲的要有信心。每当李丽撑不下去的时候，看着孩子天真的笑容，她就咬牙继续坚持着，哪怕全世界都放弃了他，她也要紧紧抱着他，他是她的命啊！疲于奔命的李丽一边应付着学校的差事，一边频频出入康复中心。每次考试李丽都心惊胆战，如果不是晏馨这次帮她挤下了倒数第一的"宝座"，她就连续两次垫底了，这样的话就要彻底走人啦。

李丽这个人呢是个苦命的人，但是她坚强、勇敢、敢于承担责任。虽然她心里痛苦，但在外人看来，她热情、大方、善于劝解别人，所以晏馨很相信她。但当她陷入沉思，眼睛微微眯着的时候，似乎令人感觉这双眼睛后面还有一双眼，能把你看透似的。她总给人一种摸不透的感觉。

六

屋漏偏逢连夜雨，船迟又遇打头风。晏馨突然接到家里的电话，父亲突发性脑溢血，让她火速赶回家。心急火燎的晏馨忙去开请假条，到耿校长的办公室说明来意。耿校长盯着假条上的理由研究了好半天才幽幽地问："家里没有其他人啦？不能让他们先带着你父亲去看病吗？非要你去不可吗？你这边的课怎么办，有人接替你的位置吗？"面对这一连串的提问，晏馨确实没想过这些，一时着急忘了学校的规章制度。

"我父亲生病了，现在得去看看情况如何呀！"愣了半天的晏馨终于想到了这一句。

面对晏馨的回答，耿校长显然不满意："当然了，退一步来讲，就算你现在在你父亲身边，他没什么问题还好，如果问题严重，你要留多久呢？能否给我确切的请假时间？三天还是五天还是一个星期？"面对那么多的未知因素，如何让晏馨给出确切的结论呢，她着急得快要哭了。

"就我的经验来说，'久病床前无孝子'，你家离这儿又那么远，你两边兼顾是不大现实的，老人的治疗最重要的还是资金要跟上，我看你这种情况，还是多寄点钱回去比较妥当。"耿校长好心地给出了中肯的意见。

"可我是我父亲的女儿啊！"自己还没有见到自己的父亲，耿校长就已经给出了这样的建议，晏馨是不能接受的。"耿校长，要不这样吧，我先请一个星期的假，如果还需要延期，到时候我再补假条给您，您看这样成吗？"晏馨做着最后的努力。

"这样啊，这可如何是好呢！"耿校长站起身来，在那间不大的办公室里来回踱步，以表现他对这件事的重视，"学校有规定，三天之内的假校长有审批的权利，三天以上的只能亲自去跟杨董请假了。"听到这闻所未闻的校规，她也只能去杨董那儿碰碰运气了。

主教学楼三楼最右边那间装修最豪华的房间就是杨董的办公室，晏馨顺着右手边的楼梯爬上去后向右拐去，来到标有"董事长"这三个字的房间门口，举起满是湿汗的右手敲了敲门，没有回应，她又把耳朵贴近门缝，隐约听到里面有声音漏出来"好好……我知道情况了……你做得很好……"。就在晏馨在门口踌躇之时，门开了，杨董热情地招呼她进来。硕大的一间办公室被分隔成两间，里间是卧室，外间用于办公。这间办公室里放着一张老板桌，桌上摆放着电脑和一些书籍。桌面宽大整洁，桌角艺术性的弧度彰显了杨董的品位。听说除了这所学校，杨董还有一个木材厂，这张制作精巧的老板桌显然出自于精心打造。立于桌后的书柜里整齐地放着精装版书籍，还有一些瓷器、水晶球之类的装饰品。正对着这张老板桌的地方放着两张沙发和一张茶几，显然是招待客人用的，杨董招呼她坐下说话，她想着是有求于人，还是要表现出应有的态度，于是她站直了身子，对杨董说明来意。杨董看着她，眼神中透出关切，笑意盈盈中又有些说不出的暧昧。晏馨低着头，盯着桌上的一本《三十六计》

等待答复。

"你去吧，你父亲现在最需要你的陪伴，你赶紧去吧，有什么需要尽管跟我说，我一个朋友是辽宁省第一人民医院的院长。"没想到一切如此顺利，晏馨顺利地拿到无期限请假条。

七

经过一路奔波，晏馨终于在夜半时分来到医院。新建的路灯在郊区的县医院刚修建使用，这里只装了几盏破旧的路灯，孤零零地亮着，刚移栽不久的柏树被风吹得轻轻摇摆，好似摇摆不定的人生。很多人此时还好好的，彼时说不定已经变成尘土，无法再在这浮世间残喘。医院这人间照妖镜一样的地方，每天上演着不同的悲喜剧，最能检验出人的劣根性，展现人生百态，堪比一部部精彩的小说。赤裸裸的人性、卑劣的人心……一经照射全部遁形。离医院不远偏僻的荒野处，塔吊之类的建筑机器零星地直立着，在黑夜中像个智者般岿然不动，仿佛不管外界有如何的纷扰，都不会打搅到他那颗遗世独立的心。晏馨想：我要是这一架塔吊该多好，孑然一身，遗世独立。晏馨顺着路拐了一个弧形的弯后见到一栋楼，眼前一下亮起来了，人也多起来了，原来，这才是医院的主楼。

"24"，进入电梯看到这个数字，晏馨就觉得不舒服，心里"咯噔"一下，心想希望一切都顺利吧。晏馨进入病房，看见父亲躺在病床上，意识时好时坏，头疼时就会昏迷，医生说是因脑血管堵塞的地方还有小细血管在破裂。看着父亲痛苦的表情，晏馨心乱如麻。快到早晨的时候，父亲醒了一次，认出了晏馨，但只是对她点点头，眼睛注视着她，嘴巴张了张却说不出话来，接着又昏睡过去。

母亲看见晏馨就像看见救兵一般，对她言听计从，此时母女俩好像互换角色了，晏馨成了家长，母亲成了女儿。曾几何时，母亲是那般雷厉风行，那见过世面的能干女人样好似被一阵风吹得荡然无存，满头白发，满脸愁容，已经看不出当年的干练模样。晏馨去找医生谈话，母亲去端水买饭。在空隙时，晏馨打了个电话通知滕阳说父亲需要做手术以及只有五成的成功把握，晏馨问他什么时候能过来，滕阳支支吾吾也没说个具体时间，晏馨一气之下挂断电话。

疲惫感压不住地向晏馨袭来，让晏馨感到焦头烂额。老话常说"幸福有三：家里没病人，牢里没亲人，外头没仇人"。他们老晏家一辈子都本本分分做人，没有一个二流子，在外头能忍则忍，不能忍则躲，所以也没个仇人。晏馨原本以为父母的身体硬朗，能长命百岁，故而也没这方面的忧虑，但转瞬之间才发现，原来父母的身体并不是钢铁做的，他们也有生病衰老的时候。人往往就是这样，当你处于幸福之中却不自知，有一天幸福离你远去时，你才觉得原来自己一直被幸福包裹着，当你脱下幸福的外衣再去寻找它时，它已随风而去。

正当晏馨陷入沉思，杨董发来短信询问晏父病情，晏馨回了电话，一是觉得短信说不清楚，二是为表礼貌，三是觉得声音更有温度。晏馨向杨董大致说了下父亲的病情，杨董让晏馨帮父亲转院，说省城的医院无论软件还是硬件都更好不提，更重要的是有熟人亲自照顾也会方便些。不待晏馨回答，杨董就挂了电话联系自己的院长朋友去了。就这样，省城的医院专门派了一辆救护车把父亲接去了。

一个月后，父亲在各方的悉心照顾下，终于可以出院了。虽说医院的条件比家里的还要好，可是省城的床位太紧张，占着一天就要让后面排队的病人多等一天。另外，这费用都是杨董垫上的，多住一天就得多花一天的钱，晏馨看着这"哗哗"流水般往外淌的钱实在是于心不忍。晏馨想，父亲虽说没有完全痊愈，但是已经可以慢慢走路说话了，只要再做一些后续保养就行。

把父亲和母亲接回家安顿好以后，晏馨也要回学校上班了。临行前，思想淳朴的母亲给晏馨带了好多家乡的特产，特意交代晏馨要还杨董的人情，说要不是他，父亲还不知生死呢。

八

回到学校后晏馨的生活作息步入正轨，每天早起晚睡，课程安排也非常紧凑，为了把这一个月落下的课补上，她快马加鞭地往前赶进度。李丽经常找她聊天，当李丽知道了杨董的好心以后，没事就开晏馨和杨董的玩笑，还催促晏馨去报恩："你那一点特产，谁没吃过？不过你的肉他没有吃过，你倒可以送去给他尝尝鲜……"李丽肆无忌惮道。

晏馨何尝不知道杨董的想法？一个男人平白无故地帮助一个女人，而且还是一个姿色上乘的美女，心里没有一点想法在作祟，那是不可能的。杨董作为一个典型的商人，行事观念是利益在前，他怎么可能做亏本的买卖呢，这些晏馨都清楚。按道理来说，晏馨应该第一时间去感谢人家，可晏馨就是不知如何表达，也是怕自己的那点特产拿不出手，惹得人家当场拒绝，那就比较尴尬了。还有一层，杨董垫的钱，她暂时还没有能力还，更让她担心的是，若杨董提出那方面的要求，她该如何应对？

这期间，晏馨看见了杨董好几次，每次她都面带羞涩，可杨董没有丝毫额外的表情，就只是领导对下属的点头之礼。本来晏馨还想着，如果杨董表现出亲热的意图，她该如何拒绝，如何拉开距离，可人家像一潭平静的湖水，没有丝毫异常。晏馨这潭水却开始不宁静了，先是起了微微的縠皱，而后荡开一圈圈涟漪，最后清泉般"汩汩"地往外冒水了。一个不服气的念头浮现在她脑海：难道我不够吸引他？！

一天晚上，宿舍熄灯以后，晏馨拿着特产去了杨董的办公室。随着"砰砰"的敲门声，她的心也跟着"咚咚"跳，紧张得上牙和下牙有些合不拢了，在风中不由得两腿打战，只听门发出"吱呀"一声，穿着条纹睡衣的杨董打开了门，晏馨像一个做贼心虚的小偷一样侧身溜进房间，拎着大包小包的特产站在卧室的门口，杨董就这样看着她，同样笑意盈盈，这时她感觉自己就像一个滑稽小丑一样，自编自演道："这是我妈让我感谢您送给您的特产，希望您不要嫌弃。"其实明眼人一看就明白，特产为什么不趁着白天送来，非要等到夜晚能避人耳目后才送？当她瞥见卧室里那张宽大无比松软舒适的双人床，她感觉被杨董窥探到了内心的秘密，瞬间惶恐不安起来。杨董连忙说："谢谢，不用客气的，你拿那么多的东西来，我也吃不了呀，平时就我一人在学校，跟你们吃一样的饭菜，这些东西给我也是浪费，还是送给别人吧。"看着杨董没有接受自己的礼物，晏馨的心里更是恐慌起来，站在那里扭扭捏捏的，心里想着赶紧走吧，可脚又像被磁铁吸住，迈不开步伐，被钉在那里。真丢人，一个人跑到人家卧室还不走，想干吗，真想献身不成？可人家一点表示都没有，难道自己那么不要脸吗？晏馨心想。她感觉到一种无望及自己的放浪。"董事长，您垫付的钱我会尽快还的，您放心。不好意思，这么晚了打搅您了。"杨董听到这样的话后，哈哈大笑起来："那我要加利息的哟。""啊？利息，什么利息？""你就是利息呀！"晏馨不禁面红耳赤起来，感觉身后有个大洞，洞里有种无名的吸力向她袭来，想拉她到无底的深渊。她感觉灵魂不住地往那深渊里滑，感觉自己的身体在不断地肿胀，肿胀成一个充气球一样，最后"砰"地炸掉又恢复了原样。这时杨董向她慢慢靠近，她向后退去，被挤到一个角落里无法动弹，杨董俯身低头，搂住她的肩膀，她紧闭双眼，锁紧眉头，浑身发颤，嘴巴闭紧，双肩僵硬，两腿紧绷。杨董靠近她的耳朵，说了句："我喜欢你，你不愿意，我不会勉强的。"热气吹拂到她的耳后，暖暖的，痒痒的，她紧张的心慢慢舒展，脑袋晕晕乎乎、昏昏涨涨，她在迷迷糊糊中被送到了门外。

第二天夜里，风清气爽，凉风阵阵，白桦树闪着亮光，橡胶跑道在月光下泛着红光，水泥地上现出白色的斑点，一片寂静无声。此时，一个黑影穿越操场，顺着墙边来到三楼，推开了那道虚掩的门，一个大大的拥抱在窗帘上现出阴影。

九

晏馨因肚子疼夜半起床，疼痛难忍的她想去李丽那边找点药，刚想敲门，听到里面有人说话的声音，她觉得这个声音好熟悉啊——"这次我帮了你这么大的忙，你应该给我个小学部主任当一当了吧？我还要签个十年无期限合同，对了，耿校长这次也帮了不少忙啊，你得了这么个美人，我提出这些条件你不亏呀""哈哈哈，不亏不亏，要嘉奖嘉奖……"

晏馨觉得一阵反胃……

后来她离开那个学校，再也没有人见过她，她就像一阵风一样，飘然而过。也许她找滕阳去了，也许她回东北老家了，也许，再没有也许，一切都是猜测。

后记

多年后，我在西安旅游的时候，看见一个身材高挑、面容姣好、长发飘飘的女子推着一个婴儿车，女子身旁的陌生男子，身材发福，个子不高，头发还有些稀疏，明显是比女子大十来岁的样子。我跟上他们悄悄尾随，只听见女子的语音还是那个熟悉的东北口音，但是她的表情充满了满意与知足。我想与他们打招呼，可我不敢，对，没错，我就是那个李丽。